刃引き刀の男

裏江戸探索帖

鈴木英治

時代小説文庫

角川春樹事務所

目次

●主な登場人物

山内修馬◆元徒目付。今は浪人となり、小料理屋太兵衛の物置に起居し「よろず調べ事いたし候」の看板を掲げている。二十八歳独身。

朝比奈徳太郎◆凄腕の浪人。剣術道場の雇われ師範代で、般若党の一件を通じて修馬と親しくなった。二十八歳独身。妹・美奈の心配ばかりしている。

お摩伊◆修馬が用心棒を務める、米問屋・大隅屋郁兵衛の妾。

牧野康時◆信州小諸藩一万五千石の領主。

霜田杢右衛門◆小諸藩・牧野家の江戸留守居役。

豪之助◆剣術が好きな、小諸の百姓。

久岡勘兵衛◆徒目付頭。修馬の元相棒。

刃引き刀の男

裏江戸探索帖

第一章

一

かたわらに座したのを感じた。

目を開け、豪之助《ごうのすけ》はそちらに顔を向けた。

柔和な笑みをたたえたおゆみと目が合う。

「あなたはいい人よ。一緒になれて本当によかった」

青白い顔をしているものの、いかにも幸せそうにおゆみが語りかけてきた。

頬《ほお》をゆるめ、豪之助は小さく笑った。

「それは俺の言葉だ」

静かな口調で返して、豪之助はゆっくりと起き上がった。

まるで嵐《あらし》に遭ったかのように荒れ果てた家の中に、暗みが居座りはじめている。その暗い影は、横になっている豪之助のそばまで伸びようとしていた。

「寅吉《とらきち》、辰造《たつぞう》はどうしている」

闇《やみ》が深まりつつある中、全身が透き通るように見えているおゆみに豪之助はたずねた。

「元気にしています。あなたに会いたがっています」

「俺も会いたい」

この手で抱き締められたら、どんなに幸せだろう。

まだほんのわずかな時しかたっていないのに、闇色がずっと濃さを増してきていることに豪之助は気づいた。

「そろそろ刻限だ。おゆみ、俺は行くぞ」

穏やかな口調で告げて、豪之助は立ち上がった。おゆみが悲しそうにうつむく。その体がさらに儚《はかな》げに見えた。

「俺は、ここには二度と戻ってこない。だがおゆみ、案ずることはないぞ。すぐにまた会えるからな」

「本当ですか」

日が射《さ》したかのように、おゆみの顔が明るくなった。

「俺が嘘《うそ》をついたことがあったか」

その言葉を聞き、おゆみが安堵《あんど》したような顔つきになる。

「ありません」

「そうだろう」

はい、と大きくうなずいたおゆみが、うれしそうに笑った。

相変わらず娘のような笑い方をするものだな、と豪之助がほほえましく思ったとき、おゆみの姿は幻のように消えた。

いや、まさに幻なのだ。おゆみに会いたくてならない豪之助の気持ちが、つくり上げた像に過ぎないのだから。

しばらく目を閉じ、豪之助はその場に立ち尽くしていた。

――行くぞ。やるしかないのだ。

目を開け、足を踏み出した豪之助は、倒れている板戸を乗り越えるようにして隣の間に移った。長く人の住んでいなかった家は、土埃《つちぼこり》がひどくたまっているようで、足の裏がざらざらする。

部屋のかたわらに転がっていた踏み台を起こし、豪之助はその上に乗った。しみだらけの天井板を外し、右腕を突っ込み天井裏を探る。

指が布に触れた。力を込めてぐっとつかみ、豪之助は一気に引っ張り出した。台から降りて板の間に立ち、手のうちにある刀袋を見つめる。

これを目にするのは、と豪之助は考えた。いつ以来だろう。ずしりと重みのある刀袋は、埃をかぶっていた。

それを丁寧に払い、豪之助は手慣れた仕草で刀袋から刀を取り出した。鞘《さや》はよくある黒色のもので、鐺《こじり》の塗りが少しだけはげていた。

そのあたりが、いかにも百姓が持つにふさわしい刀のように豪之助は感じた。

刀を腰に帯びると、体に一本の芯《しん》が通ったような気分になった。

すらりと引き抜き、刀身に目を当てる。深まる闇の中、ぎらり、と刀身が光ったように見えた。おのれの瞳《ひとみ》のぎらつきを映じたのかもしれない。

——やってやる。

もはや引き返すことはできない。とにかく前に進むのだ。おゆみたちの無念を晴らさなければならない。

決して揺らぐことのない決意の杭《くい》が、豪之助の心中に深々と打ち込まれた。

月はない。

厚い雲は出ているようだが、そのせいではない。今夜は新月なのだ。

夜がすっぽりと地上を覆い尽くす中、黒々とした影を浮かび上がらせているのは、まるで武家屋敷のような造りの高い塀である。小兵《こひょう》の豪之助が思い切り跳び上がったところで、塀のてっぺんまで手は届かない。

耳を澄ませるまでもなく、屋敷内からはざわめきが波のように聞こえてくる。

今宵、この猪沢屋《いざわや》の別邸には、国家老の豊見山玄蕃《とみやまげんば》が来ているのだ。玄蕃の家臣をまじえ、宴が張られている。

女の嬌声《きょうせい》も耳に届く。芸妓《げいぎ》が呼ばれているのだろう。

――暢気《のんき》なものだ。

ぎりぎりと音が立つくらい強く、豪之助は奥歯を嚙《か》み締めた。

――決して許さん。

別邸のまわりは荒れ果てた田んぼがほとんどで、五つ（八時）近いこの刻限に人けはまったくない。城下からは半里（約二キロメートル）ほど離れており、人家もまばらである。ちらほらと見える百姓家は打ち捨てられたも同然で、今も人は住んでいないだろう。

近くの茂みに隠してあった梯子《はしご》を、豪之助は別邸の塀に立てかけた。梯子をわずかにきしませて一番上の段まで登ると、塀のてっぺんはすぐそこに見えていた。

塀に両手をかけて力を込め、豪之助は体を一気に持ち上げた。

一瞬ののち、塀の上に腹這《はらば》いになっていた。闇を見透かし、邸内をじっくり眺める。

さすがに城下一の米問屋の別邸だけのことはあって敷地は広々としており、晩冬の冷たい風が吹き渡って木々を騒がせていく。宏壮な母屋からは明々とした灯火が腰高《こしだか》障子《しょうじ》越しににじみだし、手入れが行き届いた庭が影絵のように見えている。

風がひどく冷たいせいだろう、障子はすべてきっちりと閉じられている。障子の向こう側に、いくつかの人影がちらほらと見えている。ひときわ高い笑い声が、どっと上がった。

――庭に面したあの座敷で、宴は張られているわけだな。

母屋の右側に離れらしい建物が望める。庭の左端に設けられた築山《つきやま》の横には、東屋《あずまや》もしつらえられていた。

広い庭に、人影は見当たらない。篝火《かがりび》も一つとして焚かれていない。ぴりぴりするような剣呑《けんのん》な気配は、まったく伝わってこない。

国家老がやってきているからといって、ほとんど警戒はされていない様子だ。豊見山玄蕃は、猪沢屋の歓待を受けにこの別邸にほくほくと足を運んだだけだろうから、それも当然かもしれない。

仮に警護の侍が何人いたとしても、豪之助はすべてを打ち倒す気でいる。

——俺は、必ず豊見山玄蕃のもとにたどり着いてみせる。

塀から身軽に飛び降りる。母屋に向かって早足で歩きはじめた。豪之助は裸足《はだし》である。土は湿り気を帯びており、足音はまったく立たない。

母屋からの明かりを避けて、豪之助は早足で近づいていった。警護の侍が暗がりにひそんでいるかもしれず、決して気をゆるめることはない。

だが、結局は杞憂《きゆう》に過ぎなかった。あたりに警護の侍など、一人たりともいなかったのである。

豪之助は戸袋に背中を預け、横に見えている腰高障子に目を当てた。すでに距離は二間（約三・六メートル）ほどしかない。

呼吸をととのえ、豪之助は気持ちを落ち着けた。

——大丈夫だ、やれる。俺より腕の立つ者は、玄蕃の家臣にはおらん。

おのれを励ますように、豪之助はいい聞かせた。

——そうだ、俺はやり遂げなければならんのだ。よし、行くぞ。

戸袋から背中を引きはがし、豪之助は障子の真ん前に立った。腰を落とし、すらりと刀を抜く。座敷の明かりを受けて、刀身が鈍く光る。

庭に豪之助がいることに、座敷の者が気づいた様子はない。哄笑《こうしょう》や甲高い話し声、女たちの笑い声が障子越しに降ってくる。

障子に映るいくつもの影をにらみつけ、豪之助は息を深く吸った。息を吐ききるや濡縁《ぬれえん》に飛び乗り、障子を蹴破《けやぶ》った。

ばん、と大きな音を立てて障子が倒れ、豪之助の視野から消えた。豪之助は勢いを減ずることなく座敷に飛び込んだ。

まばゆい光が目を射る。何十本もの百目ろうそくが惜しむことなく灯《とも》され、座敷は明るさに満たされていた。

——罰当たりめ。

明るすぎるほどの百目ろうそくを苦々しい思いで見つめ、豪之助は心中で毒づいた。

——こやつらは、いったいどこまで贅沢《ぜいたく》をすれば気がすむのだ。

怒りが全身に渦巻き、豪之助は今にも足が前に出そうだ。冷静になれ、と念じて前を見据える。

三十畳ばかりの広い座敷には、二十人ほどの男女がいた。そのうち、芸妓や酌女は八、九人といったところか。

そこにいる誰もが動きを止め、あっけにとられたように豪之助を見ている。

豪之助の正面に、一人の侍が座している。絹らしい上等な羽織を身につけ、いかにも身分が高そうだ。歳《とし》は四十をいくつか過ぎているだろう。頬が少し垂れてはいるものの、目つきは鷹《たか》のように鋭い。

——あれが豊見山玄蕃だ。

その横に座っている町人らしいでっぷりとした男は、猪沢屋のあるじ和兵衛《わへえ》ではあるまいか。

——まちがいあるまい。

豪之助は刀を振りかざし、豊見山玄蕃に向かって突進をはじめた。

きらびやかな衣装に身を包み、酒の酌をしていた女たちが、ぎらりと光を映じた抜き身をいち早く目の当たりにしたらしく、甲高い悲鳴を上げ、裾《すそ》をひるがえして我先に座敷から逃げはじめた。

膳《ぜん》がいくつもひっくり返り、徳利《とっくり》が倒れ、皿が激しい音を立てて割れていく。飛びはねた椀《わん》から汁がこぼれ、畳にしみをつくった。

「なにやつ」

「曲者《くせもの》っ」

「痴《し》れ者《もの》めがっ」

座敷に居並んでいた家臣たちが一斉に立ち上がり、刀を抜いた。そのうちの三人が豪之助の前に立ちはだかった。

残りの七人は後ろに下がり、豊見山玄蕃を守ろうとしている。よく統制の取れた動きで、厳しく鍛錬されているのがわかった。

「どけっ」

正面に立った長身の侍を見つめ、豪之助は怒号した。

「おまえに用はないっ」

だが、長身の侍は刀を八双《はっそう》に構え、微動だにしない。その姿勢のまま、豪之助を平静な目で見ている。

「きさま、いったい何者だ。なにゆえこのような真似《まね》をする。ここがどこか、知った上での狼藉《ろうぜき》か」

目を炯々《けいけい》と光らせて侍がきいてきた。声に震えはなく、落ち着いたものだ。

「当たり前だ。知らずに乗り込むものか」

「きさま、こちらにいらっしゃるのがどなたか、わかっておるのか」

この自信にあふれた態度からして、長身の侍は玄蕃の一の家臣というべき者かもしれない。いや、そうではなく、小兵の豪之助を侮り、見下しているだけか。

「誰がここにいるかわからずに、のこのことやってくると思うか」

刀を正眼に構え、豪之助は吼《ほ》えるようにいった。

「なるほど、きさまの狙《ねら》いは御家老か」

目に厳しさをたたえて、長身の侍が平静な声音でたずねる。

「そうだ、豊見山玄蕃に用がある」

「御家老にどのような用があるというのだ」

目の前の侍は、明らかに時を稼ごうとしていた。こうして問答しているあいだに、玄蕃を安全な場所に逃がそうという魂胆だろう。

しかしながら、七人の家臣に守られて玄蕃は安心しきっているのか、座からは立ち上がったものの、座敷の外へ移ろうとはしていない。その場に立ってこちらをおもしろそうに眺めている姿が、眼前の侍の肩越しに見えていた。

猪沢屋和兵衛はどこに行ったのか。どうやら、と豪之助は思った。座敷から逃げたわけではなく、玄蕃を守る侍たちの背後に隠れているようだ。そんな気配を豪之助は感じ取っている。

――さっさと逃げればよいものを。

そんな和兵衛に、豪之助は哀れみを覚えた。

――そうすれば、死なずにすむかもしれないのに。いや、そういうわけにはいかんのだ。やつも、玄蕃と同じ目に遭わせなければならん。

「どけっ」

もう一度、長身の侍に豪之助はいった。豪之助の狙いは玄蕃と和兵衛のみで、できればほかの者を傷つけたくはない。

「邪魔をするのなら、容赦はせぬ」

声に凄《すご》みを利かせて豪之助は告げた。長身の侍が小さくかぶりを振る。

「邪魔をさせてもらうしかない。我らはそのために禄《ろく》を食《は》んでおる。だが、きさまのような百姓になにができるというのだ。その刀をまともに振れるのか」

これだけいうとは、と豪之助は思った。剣に自信があるのだろう。実際のところ、なかなかの遣い手に見えた。

どうりゃあ、と気合をかけ、長身の侍が大きく踏み込んで斬《き》りかかってきた。豪快な太刀筋である。

――だが、残念ながら俺の相手ではないな。あまりに動きに無駄がありすぎる。

これまでの稽古《けいこ》でも、長身を利して構えを大きくし、威嚇することで相手を圧倒してきたのだろう。その悪癖が真剣を手にした今でも出てしまっている。

豪之助は、すでに目の前の侍の実力を見極めていた。斜めに振り下ろされた刀を横に動いて避《よ》け、体を低くするや、相手の胴に自らの刀を振るった。

その動きが速すぎて、長身の侍は豪之助の姿を見失ったようだ。侍があわてて刀を引こうとしたときには、どす、という音を豪之助は聞いていた。

うっ、と侍が苦しげにうめき、長い体を折り曲げた。顔を動かして豪之助を捜すような仕草をしたが、すぐに足をもつれさせ、音を立てて畳に倒れ込んだ。

同時に火がついたままろうそくも倒れた。豪之助はろうそくの芯を足で踏みにじって火を消した。この屋敷を焼いてやろうという気はない。そんなことになれば、また民が塗炭の苦しみを味わうのではないか。

刀を握り締めたまま長身の侍はぴくぴくと魚のように痙攣《けいれん》していたが、それもすぐにやんだ。気絶したのだ。

豪之助には、はなからこの侍を殺す気はなかった。豪之助が手にしている刀は身が厚く、がっしりとした造りではあるものの、刃をつぶした刃引きなのだ。

同僚が一撃で倒されたのを目の当たりにしたやせた侍が、おのれっ、と怒声を発して斬りかかってきた。やせているせいで力はなさそうに見えたが、斬撃《ざんげき》はしなやかで、体の動きもなかなか素早かった。

だが、剣術に関しては最初の侍ほどの腕前はなく、豪之助は刀を使うまでもなかった。やせた侍の斬撃が届く一瞬前に、豪之助は相手の懐にやすやすと飛び込んでいたのだ。手のひらで、侍の顔を下から押し上げるように張った。

がしっ、と豪之助の手のひらが顎《あご》をとらえ、やせた侍は後ろに吹っ飛んでいった。どたん、と大きな音を立てて背中から畳に落ち、ぐう、と妙な息の吐き出し方をしたのち、がくりと首を落とした。

その弾みで、またもろうそくが倒れた。倒れると同時に火が消え、座敷の中は少しだけ暗くなった。

気を失ってぐったりとしたやせた侍の体を跳び越えた豪之助は、次に対した太り肉《じし》の侍に向かって刀を突き出した。その突きの鋭さに侍があわてて後ろに下がったところにつけ込み、袈裟《けさ》に刀を振り下ろしていく。

盛り上がった肩の肉に豪之助の刀がめり込み、太り肉の侍が、ううぅ、とうなって顔をしかめた。痛みをこらえきれないように片膝《かたひざ》をつき、ぐらりと前のめりになって畳に横転した。刀を手放し、もがき苦しんでいる。もはや戦う気力はないようだ。

まだ七人の警護の侍が残っているが、すでに及び腰になっているのを豪之助は見て取った。豪之助の前に立ちはだかった三人が、警護の侍の中では、遣い手といえる者たちだったのかもしれない。

統制は取れているとはいえ、この程度の家臣しかいないのだ。やはり今の侍どもは、と豪之助は思った。剣術というものを軽く見過ぎている。

玄蕃の顔から余裕の笑みは消え、頬が引きつっている。玄蕃にしがみつくようにして和兵衛がいた。

――そこにいたか。

豪之助は猛然と突っ込んでいった。

なんとか気力を振りしぼったか、七人の侍のうち四人ばかりが豪之助に立ち向かおうとし、刀を振り上げた。

豪之助は刀で一人の胴を打ち、ひらりと体を回転させて、手のひらで一人の顎を張り、次の侍の左肩を刀で打ち据え、左側にあらわれた侍の腹に右の拳《こぶし》を繰り出した。

豪之助の通り過ぎたあとには、四人の侍が畳に倒れ込み、苦しみにあえいでいた。

くそう、と叫んで一人の若い侍が破れかぶれのように突っ込んできた。畳を軽く蹴った豪之助は一瞬で間を詰め、袈裟斬りに刀を落としていった。その一撃は若い侍の左肩をとらえ、がつっ、と鈍い音が響き渡った。

肩の骨が折れたようで、若い侍はぐむう、とうめいて刀を取り落とした。左肩を押さえて、よろめきながら後ずさりしていく。背中が襖《ふすま》に当たり、力尽きたようにその場で尻餅《しりもち》をついた。すでに立ち上がる気力は失っているようだ。

警護の侍はあと二人残っているが、若い侍が豪之助に斬りかかった間隙《かんげき》を縫うようにして、玄蕃と和兵衛を連れ出し、座敷の外に逃れていた。

あとを追い、倒れた腰高障子をひらりと跳び越えて豪之助は庭に降り立った。

横合いから闇を斬り裂くように、刀が振り下ろされた。残った二人の侍の腕前からして、まさか反撃に出てくるとは思っていなかったが、気をゆるめてはいなかった豪之助は冷静に対処した。

足を軽やかに運んで斬撃をかわし、侍の横に出て、がら空きの胴に刀を叩《たた》き込む。

どす、と音が立ち、ぐえっ、と蛙《かえる》のような声を出して侍が地面に倒れ伏した。

最後に残った警護の侍は、玄蕃と和兵衛を東屋のほうに連れていこうとしているらしく、三人の姿が庭木の向こうの闇にうっすらと見えた。

あの近くに、と豪之助は思った。外に出られる出入口でも設けられているのだろうか。

この別邸に裏口があることは、豪之助はむろん知っているが、あの方向ではない。

最後に残った警護の侍は、玄蕃たちの身を隠せる場所を、とりあえず闇に紛れて探そうとしているのではないか。

庭木のあいだを、豪之助は風のように走り抜けた。先ほどより強くなった風の後押しを受けるようにして、あっという間に玄蕃たちの前に出た。

「あっ」

いきなり豪之助に前途をふさがれて、立ち止まった警護の侍が大きく目を見開いた。

どん、と警護の侍の背中に玄蕃が突き当たる。どうして警護の侍が足を止めたのか、その理由を覚り、口をわななかせた。

「殺せ、殺すのだ」

気を取り直したように玄蕃が叫んだ。迷ったような素振りを見せたものの、覚悟を決めたらしい警護の侍が刀を振りかぶり、突っ込んできた。どうりゃあ、という気合とともに刀を振り下ろしてくる。

闇の中、豪之助は侍の斬撃を冷静に見極めた。薄紙一枚の間を残してかわし、すっと前に出る。同時に右腕だけで刀を突き出していった。

刃引きの刀は左肩の下あたりを打つと見えたが、意外にも侍はそれを避けてみせた。最後まで玄蕃たちのそばを離れずにいるだけのことはあって、豊見山の家臣の中では遣い手の一人なのかもしれない。

空を貫いたのを見て取った豪之助はすぐに刀を引いた。豪之助を倒す好機と見たらしく、侍はすかさずつけ込んできた。大きく踏み込むや、刀を下段から振り上げてきたのだ。

だが、刀を引いたのは、豪之助の仕掛けた誘いだった。余裕を持って侍の刀を避け、豪之助はその右側に回り込んだ。

あっ、という声とともに侍が豪之助のほうに体を回そうとする。だが、豪之助の動きのほうがはるかに速かった。容赦なく刀を打ち込んでいく。

脇腹を打ち据えられた侍は、ぐっ、と息の詰まったような声を発した。痛みから逃れようとするかのように、体を大きく反らし、つま先立ちになった。

しばらくその姿勢でかたまっていたが、提灯《ちょうちん》が折りたたまれるように体が一気に縮み、それからゆっくりと地面に横倒しになった。侍はうめき声を上げ、土にまみれて這いずり回っているが、立ち上がれそうにない。

——よし、これで警護の侍ども全員の始末をつけてやったぞ。

侍から目を離し、豪之助は玄蕃と和兵衛を見据えた。

「か、金なら差し上げます。だから、命だけは助けてくれませんか」

一瞬、逃げようと試みたようだが、無理だと覚ったらしい和兵衛が豪之助の前に出てきて懇願する。

そういうのなら、と豪之助はいった。

「金はもらっておこう。猪沢屋、有り金すべてを出せ」

「し、承知いたしました」

懐を探り、和兵衛が財布を取り出した。

「これを持っていってください」

うむ、とうなずいて財布を手にした豪之助は重さを確かめた。

「ずいぶんあるな。中は小判だけか」

「全部が小判というわけではありませんが、小判で四十両はあります。これで助けていただけますね」

和兵衛は、うかがうように上目遣いで豪之助を見ている。

「きさまたちをここで殺す気はない」

刀を鞘におさめて豪之助は目を動かし、玄蕃を見つめた。

玄蕃は、豪之助と一間ほどを隔てて立っている。平然としているように見えるのは、いくら不意を衝《つ》かれて襲われ、家臣をすべて倒されたからといっても、国家老として最後まで威厳を見せつけなければならぬとでも考えているからかもしれない。実際は、恐怖と必死に戦っているのではないか。

不意にうめき声が聞こえなくなったと思ったら、かたわらに倒れ込んだ侍は気を失ったようだ。

痛みから逃れられて、と豪之助は思った。こやつにとっても幸せだったのではないか。

「おまえも金を出せ」

二歩ばかり近づき、豪之助は玄蕃にいった。

「結局は金目当てだったのか」

玄蕃の声はかすれ、震えを帯びている。やはり怖くてならないのだろう。

「金目当てなどではない。おまえには、金以外で償ってもらわなければならんのだ。玄蕃、だが、俺がこれからすべきことを考えると、金はいくらでもあったほうがよい。玄蕃、早く出せ。それとも、こいつに物をいわせたほうがいいか」

刀の柄《つか》に手を置き、豪之助は鯉口《こいぐち》を切ってみせた。それを見て、くっ、と玄蕃が奥歯を嚙み締める。

「わかった」

ふてくされたようにいって玄蕃が財布を取り出し、左手で差し出してきた。それを豪之助が受け取ろうとした瞬間、玄蕃は右手で脇差《わきざし》を抜き、さっと突き出した。

この程度のことは予期しており、その上、速さなどまったく感じさせない突きだった。豪之助は、ぱしっ、と左の手の甲で鋭く脇差を払いのけた。同時に右の拳を振り上げ、玄蕃の顎を殴りつける。

玄蕃の右手を離れた脇差は暗がりに消えていき、茂みにでも落ちたか、がさり、とわずかな音を立てた。

ぐあっ、と大仰な声を発した玄蕃がよろめき、顎に手を当ててよろよろと後ずさる。膝ががくがくと上下に揺れ、その弾みでくずおれそうになった。

両手を伸ばし、豪之助は玄蕃の体を支えてやった。

「つまらんことをするから、こんなことになるのだ」

豪之助に触れられたのが不快だったのか、怒りに燃えた目で玄蕃が豪之助を見る。豪之助の手を振り払い、自力で立ってみせた。顎も相当に痛いはずだが、顔をゆがめているだけだ。

「玄蕃、さっさと財布をよこせ」

左の手のうちにあった財布を、玄蕃が無造作に手渡してきた。和兵衛の財布ほどは入っていないようだが、こちらもずしりと重い。

二つの財布を合わせれば、優に六十両は超えるのではあるまいか。

――これだけあれば、江戸に行っても不足はなかろう。十分すぎるほどだ。

心中でうなずいた豪之助は二つの財布を懐に入れ、玄蕃と和兵衛を見やった。

「猪沢屋、そいつの帯を取れ」

顎をしゃくり、豪之助はかたわらで気絶している侍を目で示した。

「帯ですか……」

和兵衛が戸惑いの目で見る。

「さっさとしろ」

「は、はい」

あわててしゃがみ込み、和兵衛が侍の帯を外した。

「その帯で玄蕃の両手を縛れ」

「えっ」

和兵衛が、そんな真似ができるはずがない、といわんばかりの顔になる。

「猪沢屋、死にたいのか。いいか、外れんようにきっちりと縛れ」

「は、はい。――すみません」

玄蕃に向かって頭を下げ、和兵衛が国家老の両手をがっちりと縛り上げた。

「その帯の先は猪沢屋、おまえが持て。もし玄蕃を逃がすようなことになれば、おまえが死ぬことになる。わかったか」

「わ、わかりました」

歯をがちがちと鳴らして和兵衛が答え、玄蕃の両手を縛った帯をそっとつかんだ。

「よし、行くぞ」

豪之助は玄蕃と和兵衛に告げた。

「どこに行くというのだ」

豪之助を見つめて玄蕃が不審そうにきく。

「お金をあげたというのに……」

和兵衛が不満げに口にしたが、豪之助がにらみつけると、気弱そうに黙り込んだ。

「まずはここを出るぞ」

玄蕃と和兵衛を引き連れるようにして、豪之助は裏口に向かった。この屋敷の表口には玄蕃の家臣が門衛として何人か詰めており、すでにこの騒ぎを聞きつけているはずだが、駆けつける気配はまったくない。

おそらく、と豪之助は思った。身を縮こまらせて、嵐が通り過ぎるのを待っているのではあるまいか。今の惰弱な侍にふさわしい処し方といってよい。

裏口は無人で、ひっそりしていた。高い塀にくぐり戸が設けられており、豪之助はそれを開けた。きしむ音が響いたが、闇の中に吸い込まれていった。

「出ろ」

豪之助は玄蕃と和兵衛に命じた。

「もし逃げたら、本当に殺す」

玄蕃を見つめて豪之助は柄を軽く叩いた。

「刃引きといえども、打ちどころが悪ければあの世行きだ」

その言葉をきいて悔しげに玄蕃が唇を嚙む。

裏口を出ると、目の前には狭い道が暗く延びていた。風が吹き、砂埃を上げていく。

豪之助の着物の裾もばたばたとはためいた。

「行くぞ。こっちだ」

城下とは反対側のほうを、豪之助は指さした。玄蕃と和兵衛を先に行かせ、自身は後ろをついていく。

背後は静かなもので、一人として追いすがってくる者はいない。

「どこに行こうというのだ」

振り向いて玄蕃がきいてきた。

「おまえらにふさわしい場所だ」

「ふさわしい場所だと。どこだ」

「うるさい、行けばわかる」

玄蕃が不機嫌そうに押し黙る。

四半刻(三十分)ほど歩くと、道は山に入った。人一人行くのが精一杯の幅の道が、ゆっくりと上りになっていく。木々の吐き出す香気というべきものが、だいぶ濃くなってきた。

やがて、豪之助たちは狭い道が二手に分かれている場所に来た。右側に行くよう、豪之助は玄蕃と和兵衛に命じた。

道はさらに狭くなり、傾斜がきつくなった。玄蕃も和兵衛も日頃まったく鍛えていない様子で、はあはあと荒い息を吐いている。

坂を上がりきると、道は深い森に入った。森の中には闇と静けさが満ちているが、どこからか光が入り込んできているのか、ぼんやりとした明るさを豪之助は感じた。

森を抜けると、左側に十丈（約三〇・三メートル）ほどの高さのある崖《がけ》があらわれた。それがこんもりとした山のほうまでずっと続いている。

「そっちだ」

豪之助は、玄蕃と和兵衛に崖のほうに行くように告げた。二人はいわれた通りにした。

崖といっても岩ではなく土でできており、木が生え、草がびっしりと覆っている。

豪之助たちは崖沿いに一町(約一〇九メートル)ばかり歩いた。

「ここで止まれ」

なぜこんなところで立ち止まらなければならないのか、玄蕃と和兵衛はわけがわからないという顔をしている。

「そこに入れ」

豪之助が指さすと、自分たちの前に、闇よりもずっと暗い穴が口を開けていることに、玄蕃と和兵衛が気づいた。差し渡し二尺(約六〇センチ)ほどの穴である。

「ここはなんだ」

穴を見つめて玄蕃がきく。

「洞穴だ」

「こんなところに洞穴が……」

呆然《ぼうぜん》とした口調で和兵衛がいう。

「ここに洞穴があることなど、侍や城下の商人が知っているはずがない。——二人とも、中に入れ」

ここでいったいなにをする気なのか、と思ったか、さすがに玄蕃と和兵衛はためらいを見せたが、豪之助が刀を抜いて脅すと、重い足取りで洞穴の狭い口に入っていった。

中は意外に明るい。土でできた崖にぽっかりと口を開けている洞穴だが、中は白みを帯びた岩だらけなのだ。足元を、一筋の小さな川がちろちろと流れていく。

半町ほどで洞穴は行き止まりになった。

「おまえたちはここにおれ。よいか、決して動くな」

「なんだと」

瞳をぎらりとさせて、玄蕃がすごむようにいった。

「それはどういう意味だ」

「水は、奥の岩のあいだから湧《わ》いている。しばらくは、それでしのげよう」

「き、きさま、我らをここに置き去りにするつもりか」

むっ、と顔を怒らせて玄蕃が豪之助に近づこうとする。しかし、和兵衛が両手を縛っている帯を手にしているせいで、半尺も進めなかった。

「猪沢屋、邪魔だろう、玄蕃の縛《いまし》めを取ってやれ」

「は、はい」

ほっとしたように和兵衛が玄蕃の縛めを外した。腕が自由になった玄蕃は、両手をぶらぶらさせた。

「おい、本当に置き去りにする気ではないだろうな」

「置き去りにされたからといって、どうということもあるまい」

平然といい放ち、豪之助は玄蕃と和兵衛を見つめた。

「おい、おまえたち、そっちを向け」

玄蕃と和兵衛に洞穴の入口のほうに顔を向けるように、豪之助は命じた。

二人が渋々といわれた通りにする。

豪之助は無造作に二人に近づき、続けざまに二つの首筋を手刀で打ち据えた。

うっ、とかすかなうめき声を発し、一瞬で気絶した二人がもつれ合うようにくずおれる。岩に頭をぶつけることがないように豪之助は二人の体を続けざまに支え、そっと横たえた。

——これでよし。

ぱんぱん、と形ばかりに手を払い、豪之助は外に向かって歩きはじめた。

洞穴を出ると、近くの茂みに行き、そこに置いてあった荷車を引きはじめた。荷車には、差し渡し三尺近い大石がのっている。

洞穴の前まで荷車を動かした豪之助は、少し息をついた。

――よし、やるぞ。

荷車を傾けるや、豪之助は大石を押し出すように転がして、洞穴をふさいだ。

洞穴の入口に隙間がまったくないのを確かめる。これなら、と豪之助は思った。どんな大力の者をもってしても、石を動かすことはできないだろう。

――やつらは二度と日の目を拝むことはあるまい。

「ではな」

まだ気絶しているはずの玄蕃と和兵衛に告げて、豪之助は一人、その場をあとにした。

二

うめき声が聞こえた。

住みかにしているこの四畳半ほどの広さの物置には、他に人はいない。

――そう、今の苦しげなうめき声は俺のものだ。

それだけ山内修馬《やまうちしゅうま》は、切ない思いに駆られているのである。

──あれは本当のことなのだろうか。

あれから数日たった今も、信じることができない。

だが、修馬の大事な友垣《ともがき》である徳太郎《とくたろう》の妹の美奈《みな》が、若い男と連れ立って出合い茶屋に入っていった光景は、紛れもなく真実なのだ。修馬の脳裏にくっきりと彫り込まれ、決して薄れることはない。

──それでも信じられぬ。美奈どのはそのような真似をするようなおなごではないだろう。あれは、なにかの見まちがいではないか。

だが、決して見まちがいでないことは、修馬自身がよくわかっている。

──美奈どのは、あの日、あの若い男に抱かれたということか。

そのことに思い至り、修馬はがくりとうなだれた。好きな女に袖にされるのはよくあることだが、美奈とはなにもはじまらないうちに終わってしまったことになる。

──仕方あるまい。美奈どののことは、あきらめるしかないのだ。俺の手の届く人ではなかったということだ。

だが、美奈のことをそうたやすくあきらめることができるのか。修馬は、じたばたと手足を動かしたい気分になっている。

──やはり、じかに美奈どのにきくべきではないのか。……それができれば、苦労はないのだが。結局のところ、俺は本当のことを知るのが怖いだけなのではないか。

ふと一つの考えが頭をよぎっていき、修馬は目を開けてがばっと起き上がった。

——美奈どのが若い男と出合い茶屋に入っていったことを、徳太郎は知っているのだろうか。

知っているはずがない。もし徳太郎が知ったら、相手の男を斬り殺しても不思議はない。それだけ美奈のことを大事に想《おも》っている。いや、もう斬り殺してしまったということはないだろうか。

ない、と信じたい。ここ最近、人殺しの話は修馬の耳に入ってきていないのだ。江戸は平穏といってよいのではあるまいか。

——いや、俺は早耳とは決していえんからな。果たして人殺しがないかどうか、わかったものではない。それでも、徳太郎があの若い男を斬り殺す前に、なんとか美奈どのからきき出したいものだ。

だが、今の修馬にそんな度胸はない。

——やはり美奈どのがあのような真似をするはずがないではないか。なにか理由があって、出合い茶屋に入っていったのにちがいあるまい。

それはいったいどんな理由なのか。

――徳太郎たちは困窮しているのだろうか。

徳太郎は、親の代からの浪人とのことだ。暮らしが楽であるはずがない。

――美奈どのは女の子だけを相手にする手習所を開いているが、手習子《てならいこ》があまりおらぬのかもしれぬ。それゆえ春をひさいで、暮らしを支えているのではないか。

修馬の思いはそんなところに戻ってしまう。

あり得ぬ、と修馬は強く首を横に振った。

――いくら暮らしが立ち行かぬとしても、美奈どのはそのような真似をする女性《にょしょう》ではない。そうだ、やはりあの若い男とは、なんらかの理由があって出合い茶屋に入っていったにちがいあるまい。

だが、出合い茶屋に入るのに、ほかにどんな理由があるというのか。

うむう、と修馬はうなるしかなかった。そのとき、不意に腹の虫が鳴いた。腹が減りはじめていることに修馬は気づいた。

今は何刻なのか。感じとしては、朝の五つ（八時）を過ぎた頃か。

朝飯というにはちと遅いきらいはあるが、と修馬は思った。食べに行くとするか。

かすかに魚を煮込んでいるらしいにおいが、物置内に入り込んでいる。このにおいに腹の虫は誘われたのではないか。

すっくと立ち上がった修馬は布団を畳んで隅に押しやった。ぱんぱんと手をはたき、刀を腰に差して雪駄《せった》を履く。

物置の戸を開けると、音を立てて涼しい風が流れ込んできた。

――このくらいの風なら、ちょうどよいな。過ごすのに気持ちがいい。

通りに出て、修馬は物置の隣にある小料理屋を見やった。

建物の横に掲げられた看板には、太兵衛《たへえ》とある。戸口には暖簾《のれん》がかかっている。前は夕刻から店を開けていたが、近所に独り身の男が多いこともあるのか、最近は朝食を供してくれるようになった。魚を煮込んでいるにおいのもとは、やはり太兵衛だった。

――鯖《さば》の味噌煮《みそに》だな。

修馬の大好物である。鯖の味噌煮のにおいをたっぷりと嗅《か》いだら、美奈のことは頭からすうっと消えた。まるで薬効のようだ。

――早く食べたいものだ。

修馬の口からは、今にもよだれが垂れてきそうだ。

早足に近づいて暖簾を払い、修馬は店内に足を踏み入れた。

客の姿はない。やはり朝餉《あさげ》というには、遅すぎる刻限ということだろう。

厨房《ちゆうぼう》にいた女将《おかみ》の雪江《ゆきえ》が修馬を認めて、にこりとする。

「お久しぶりでございますね」

そんな声をかけられ、えっ、と修馬は意外な感にとらわれた。

「俺は、そんなに来ていなかったかな」

土間に置かれた長床几《ながしようぎ》に腰を下ろして修馬はきいた。

「ええ、数日ぶりというところでしょうか」

雪江は心配そうに修馬を見ている。そんなに来ていなかったか、と修馬は思った。

美奈が若い男と出合い茶屋に入っていくのを見てから、一度もこの店の敷居をまたいでいなかったのだ。

「山内さま、なにかあったのですか。疲れているように見えますけど」

心配そうに雪江がたずねる。

「えっ、ああ、なにもないぞ」

美奈のことを、ここでぺらぺらしゃべるわけにはいかない。

口に手を当て、女将がくすっと笑った。

「山内さまは、相変わらず嘘が下手ですね」

「えっ、そうかな。徒目付《かちめつけ》だったから、嘘はお手の物なんだが」

「もしそれでお手の物とおっしゃるのだったら、御徒目付はおやめになってよかったんじゃないのでしょうか」

「俺は徒目付に向いておらぬかな」

「嘘が得手でなくとも、御徒目付はつとまるのではありませんか」

うむ、と修馬は深くうなずいた。

「つとまるものと、俺は信じている」

つい深酒をしてしまったことで、翌朝、事件の場に駆けつけることができず、その責を問われて修馬は徒目付をお払い箱になったのだ。徒目付頭である久岡勘兵衛《ひさおかかんべえ》は修馬のことを一所懸命にかばってくれたようだが、力及ばなかったらしいのだ。

――いったいどこの誰がこの俺をやめさせるようにいったのだろう。まったく一度の過ちでやめさせるなど、度量がなさ過ぎるぞ。

「山内さまでしたら、きっと大丈夫でしょう。また御徒目付に返り咲くことができますよ」

「もう徒目付には未練はないがな」

それを聞いた女将がまた小さく笑った。

「これも嘘だとばれたか。俺は徒目付に未練たらたらに見えるか」

「未練たらたらというふうではございませんが、御徒目付として、まだし足りないことがあるようにお見受けいたします。――山内さまのお悩みというのは、女の人のことではありませんか」

「ほう、さすがだ。よくわかるな」

「独り身の男の人の悩みは、女性のことか、仕事かのどちらかですから」

なるほどそういうことか、と修馬は相槌を打った。

「今の俺に仕事はろくにない。ゆえに、女のことだとすぐにわかろうな」

一応、『よろず調べ事いたし候』という看板を物置の前に掲げているが、あまり客は来ない。客がなく、仕事に忙殺されることがないから、美奈のことばかり考えてしまうのではあるまいか。

「意外にと申しては失礼ですが、山内さまはおなごにおもてになりますから、女性のことでお悩みになるのは当然のことと存じます」

「俺がもてるというのか」

そのようなことは、ほとんど考えたことがない。

「そう見えるか」

「山内さまは、おもてになりませんか」

小首をかしげ、不思議そうに女将がきく。

「もてたという記憶はないな」

「さようですか。でしたら、山内さまがお気づきになっておられぬだけでございましょう」

「そうなのかな。まあ、俺はあまり気の利かぬたちゆえ、あるいは、そういうこともあったかもしれぬ」

首を振り振りいって修馬は顔を上げた。

「女将、朝餉はまだ食べさせてもらえるのか」

「もちろんでございますよ」

「今朝の献立は鯖の味噌煮か」

それを聞いて、雪江がにこりとする。

「山内さまは、においに誘われたのですね。鯖の味噌煮しかありませんけど、それでよろしいですか」

「うむ、頼む。腹が減って、早く食べたくてたまらぬ」

女将の雪江は、修馬が暮らしている物置の大家である。山内家を勘当された修馬を哀れんで、ただで貸してくれているのだ。

修馬が長床几に腰を下ろしていると、さほど間を置くことなく女将が膳を持ち、厨房から出てきた。

「どうぞ」

笑みをたたえて、雪江が膳を修馬の横に丁寧に置いた。

「こいつはうまそうだ」

膳を見つめて、修馬は我知らず嘆声を発した。主菜の味噌煮の鯖は、一目で脂がのっているのが知れた。あとは、ほかほかのご飯に玉子焼き、梅干し、たくあん、わかめの味噌汁というものである。

「いただきます」

両手を合わせてから箸《はし》を持ち、修馬はまずご飯を食べた。米の粒が立っており、飯のうまさが実によく引き出されている。

鯖の味噌煮にも箸を伸ばす。脂が甘く、うっとりするほどのうまさだ。

「うむ、こいつはうまい」

「昨日、いい鯖が手に入ったものですから」

「女将は包丁が達者よな」

砂糖と醤油《しょうゆ》で味付けされた玉子焼きも、ほっこりと柔らかく、ほんのり甘い。嚙むまでもなく口の中で溶けていく。

女将の手製の味噌でつくった味噌汁も、よいだしと相まって、とてもこくのある味で、味わっていると気持ちが優しくなってくるような気さえする。

「ご飯のおかわりはいかがですか」

すっかり満足して箸を置いた修馬を見て、雪江がいった。

「お味噌汁も、まだたっぷりございますよ」

「あまりにうまいので、いただきたいところだが、今朝はこのあたりでやめておくことにしよう。食べ過ぎてよいことはないゆえ。それにしても女将、こんなにうまい飯を食べたのは、久しぶりだ。これだけの食事を供してくれる女将に感謝だ」

「相変わらず大袈裟《おおげさ》ですね、山内さまは」

「大袈裟などではないぞ。本心だ」

修馬は、雪江が出してくれた茶をのんびりと喫した。湯飲みを空にして立ち上がり、代を支払う。

「またおいでください」

厨房から出てきた雪江が笑顔で腰を折る。

「もちろんだ」

笑みを浮かべて修馬は頭を軽く下げ、戸を開けた。暖簾を外に払い、路上に立つ。住みかにしている物置に修馬が戻ろうとしたとき、背後から近づいて来る者がいることに気づいた。

さっと振り返った途端、修馬はぎくりとした。そこに立っていたのは、徳太郎だったからだ。

端整な顔をしかめ、徳太郎が不審そうに修馬を見た。

「どうした、修馬。いま俺を見て、うろたえなかったか」

いや、といって修馬はかぶりを振った。

「別にうろたえなければならぬ理由などなにもないぞ。徳太郎の勘ちがいではないか」

修馬は徳太郎をじっと見た。顔色は悪くない。いや、むしろいい。頬はこけてはいるが、これはすっきりしているといってよいのだろう。やや高くなってきた日を浴びて、顔はつやつやしている。

――この顔色のよさなら、困窮しているということはなかろう。いや、そうではなく、美奈どのの稼ぎで、徳太郎はこの顔色を保っているということは考えられぬか。

納得がいかないらしく、徳太郎は修馬を見つめて首をかしげている。

「修馬、俺になにか隠していることがあるのではないか」

「隠していることだと」

声がうわずらないように修馬は留意した。

「俺が徳太郎に隠し事など、するわけがない」

「さて、そうかな。おぬしは元徒目付だ。隠し事はお手の物ではないか」

「俺はもともと徒目付に向いておらぬゆえ、そのようなことはない。徒目付を馘《くび》になったのは、当然のことだろう。――徳太郎、なにか用か」

話題を変えるように修馬はきいた。うむ、と重々しくうなずいて徳太郎が口を開く。

「実は話があるのだ」

まさか美奈どののことではないだろうな、と修馬は案じたが、大事な妹が男と出合い茶屋に行ったことが話題ならば、徳太郎はもっと暗い顔をしているのではあるまいか。

――それとも、美奈どのの相手を殺してしまったことを、今から俺に告げるつもりではないだろうな。

だが、それも見当ちがいのようだ。徳太郎は、人を殺したあとのような悲愴《ひそう》な顔つきはしていないのだから。

「よい話か」

唾《つば》を飲み込んで修馬はきいた。

「むろん」

当たり前だといわんばかりに徳太郎が大きく顎を引いた。

「おぬしに、割のよい仕事を持ってきたのだ」

「割のよい仕事だと」

思ってもいなかった言葉だ。

「ならば、立ち話もなんだ、徳太郎、落ち着いて話そうではないか。入るか」

目の前の戸口を修馬は指し示した。

「物置か。おぬしの住みかはむさ苦しくてあまり入りたいとは思わぬが、それでも立ち話よりもよいな」

「なに、大してむさ苦しくもないさ。掃除は毎日しておるゆえ」

「毎日か。それはえらいな」

「掃除をすると、気分が晴れるゆえ」

「なんだ、ふさぐことがあるのか」

「俺でもたまにはある」

いって修馬は戸を横に滑らせた。あまり建てつけがよいとはいえないが、今日はするすると動いてくれた。

「徳太郎、入ってくれ」

物置の中には薄縁《うすべり》が敷かれている。雪駄を脱いだ徳太郎が行儀よく端座した。隅に寄せられている布団を見て、目を丸くする。

「ほう、ちゃんと畳んであるではないか。えらいな」

徳太郎の向かいに修馬は、よっこらしょ、といって座った。

「布団を畳むくらい、別にほめられるようなことではないさ。——徳太郎、茶も出さぬで、すまぬな」

「なに、俺に気遣いなど不要だ」

「かたじけない」

頭を下げてから修馬は徳太郎を見た。

「割のよい、といったが、徳太郎、どのような仕事を持ってきてくれたのだ」

うむ、と徳太郎がうなずいた。

「用心棒仕事だ」

「用心棒か」

思ってもいなかった仕事である。

「修馬、用心棒はいやか」

「そのようなことはない。今の俺は、仕事を選んでいられる場合ではないのだ」

このところずっと仕事が入っておらず、自分のほうこそ困窮気味なのだ。庶民相手の両替屋もやっていたが、噂《うわさ》が広まるのは早く、同業の者が一気に増えてきた。その結果、商売としての旨《うま》みは、まったくなくなってしまっている。

――まったく人が必死にひねり出した思いつきだというのに、真似しやがって。

今は廃業したも同然である。

「では修馬、受けるか」

真剣な顔で徳太郎がきいてきた。

「徳太郎らしいというのか、ずいぶん短兵急《たんぺいきゅう》な物言いよな。相手は急いでいるのか」

「それはそうだ。急を要している」

「だが、用心棒仕事なら、徳太郎のほうがお手の物だろう。それほど急いでいるのなら、なにゆえおぬしが受けぬ」

素朴な疑問を修馬が口にすると、徳太郎が渋い顔になった。

「実は、女の警護なのだ。俺は、女は苦手ゆえ御免こうむりたい」

「ふむ、そういうことか。用心棒をつとめる相手というのは、若い女なのだな」

「その通りだ。警護の相手が若くなければ、俺もやれぬ仕事ではないのだが。若い女に四六時中、張りついていなければならぬとなると、全身がかゆくなりそうでな。若い女の用心棒というのなら、俺よりも修馬のほうがはまり役だろう。ゆえに、俺はおぬしに話を持ってきたのだ」

徳太郎向きの仕事ではないとはいえ、他人に仕事を投げることができるのなら、やはり困窮はしていないということだろう。

「ありがたい話だ。徳太郎、この話は誰が持ってきたのだ」

「俺が懇意にしている口入屋だ」

「口入屋から引き受けた仕事だったのか。それを俺に勝手に回してよいのか」

「勝手にということはない。その口入屋には、山内修馬という男に仕事を回すことに関し、もう了解を得ている」

「なんだ、そうだったか。ずいぶんと手回しがいいな」

「できるだけ早く用心棒についてやったほうがいいに決まっておるのでな」

それはそうだな、と修馬は思った。

「それにしても徳太郎、若い女の身で用心棒を必要としているなど、その女はどのような境遇なのだ」

「名をお摩伊《まい》どのという。さる人の妾《めかけ》だ」

「ほう、妾だったのか。依頼主はそのお摩伊さんか」

「ちがう。旦那《だんな》のほうだ」

「旦那がな。お摩伊さんは、誰かに狙われているということか」

「多分、そういうことだろう。まずは詳しい話をきかねばならぬ」

「徳太郎、今からすぐにお摩伊さんの家に行くのか」

修馬は新たな問いを発した。

「いや、その前に、修馬には旦那と会ってもらわなければならぬ」

刀を手に、徳太郎がすっくと立ち上がった。

「旦那はどこにいるのだ。妾宅《しょうたく》ではないのか」

徳太郎を見上げて修馬はたずねた。

「店だ」

「旦那は店の主人ということか。その店はどこにあるのだ」

「なに、さして遠くはない。ほんの四半刻ばかりで着こう」

「そうか、けっこう近いのだな」

刀を手に立ち、修馬は建てつけの悪い戸を横に引いた。

「ああ、そうだ。着替えを持っていかねばならぬのではないか」

「いや、いらぬ」

「なにゆえ」

「すべて貸してくれるそうだ」

「ああ、そうなのか。そいつは助かる」

「食事もつく。酒は飲めぬが、至れり尽くせりというやつだ」

「至れり尽くせりか。独り身の俺にとって、これ以上ないありがたさだ」

心の底から修馬はいった。

三

のしかかってくる。

そんな錯覚を修馬は覚えた。

——思った以上の大店《おおだな》なのだな。

腕組みをして修馬は、おびただしい数の瓦《かわら》がのった屋根を見つめた。屋根には大隅《おおすみ》屋《や》と記された巨大な扁額《へんがく》がしつらえられている。

店の間口は十間近くあるだろう。扱っている品物は、建物の横に掲げられた看板から、米と知れた。

小売りはしていないようで、ひっきりなしに暖簾のかかった戸口を出たり入ったりしている客の大半は、どうやら商人らしい。大隅屋の得意先のほとんどは、小売りを生業《なりわい》としている米屋なのではないか、と修馬はにらんだ。

——これだけ繁盛している大店なら、奉公人は五十人では利かぬのではないか。

大隅屋の中からは、糠《ぬか》のようなにおいが濃く漂ってきている。そのにおいに、なつかしさを修馬は覚えた。

「修馬、どうした」

店先でかたまったように動かない修馬を気にしたらしく、徳太郎が声をかけてきた。

「こいつは相当の大店だなと思って、ちと見とれてしまった」

「確かにこれだけの米問屋は、江戸広しといえどもなかなかないような気がする。

——よし修馬、入るぞ。よいか」

「むろんだ」

絶えることのなかった客足が途切れたのを見計らったかのように歩を進めた徳太郎が、ごめん、といって暖簾を払った。そのあとに続いた修馬は土間に足を踏み入れた。

土間は十畳ほどの広さがあり、その先は一段上がった畳敷きの座敷になっていた。

三十畳はあるのではないかと思える座敷には、大勢の商人が、大隅屋の奉公人とおぼしき者たちと膝詰めで商談を行っていた。誰もが戦場に身を置いているかのように、真剣な顔つきをしている。

商人たちの熱気というのは、と修馬は思った。こちらが気圧《けお》されそうになるほど強いものなのだな。

武家の時代などとうに終わりを告げ、今や金を握っている商人たちの時代であることを実感させる光景である。

土間を突っ切り、徳太郎と修馬は座敷のそばまでやってきた。

「ごめん」

大音声を上げたわけではないが、徳太郎の張りのある声は店中に響き渡った。座敷にいた者が驚いたように全員、こちらを向いた。

座敷の奥の帳場囲いを越え、一人の男が近づいてきた。上質の着物に身を包み、身のこなしも洗練されている。歳の頃は四十半ばか、穏やかな風貌《ふうぼう》をしている。

男は修馬たちの前に座り、見上げてきた。

「お武家さま、なにかご入り用でございましょうか」

声は落ち着いており、仕草は如才なさを感じさせる。腕利きの番頭というところか。

「郁兵衛《いくべえ》どのはおられるか」

番頭らしい男をまっすぐに見て、徳太郎が一転、小さな声できいた。

「旦那さまでございますか。あの、お武家さま、旦那さまにどのようなご用件でございましょう」

「俺が訪ねてくることは、郁兵衛どのからきいておらぬか」

「は、はい、申し訳ございませんが」

男が戸惑ったように顎を引いた。

「俺は朝比奈《あさひな》徳太郎という。景浦屋《かげうらや》から、知らせがきておらぬか」

「景浦屋さんでございますか」

わからないというように、男は首をひねっている。

「郁兵衛どののこれに関してだ」

ほかの者に見えないように、徳太郎が小指を立ててみせた。

「えっ」

男が、まじまじと徳太郎の小指を見る。

「おぬし、一刻も早く郁兵衛どのに取り次いだほうがよいぞ」

「は、はい、承知いたしました。少々お待ちいただけますか」

うむ、と徳太郎がうなずくと、番頭らしい男は小走りになって帳場囲いのほうに向かった。帳場囲いを越え、その奥にある内暖簾を払って姿を消す。

「待たされるかな」

かすかに揺れている内暖簾を見つめて、徳太郎がつぶやいた。

「すぐに戻ってくるさ。郁兵衛という旦那は、お摩伊さんという妾のことが、女房にばれるのが怖いゆえ」

おや、という顔で徳太郎が修馬を見る。

「修馬、なにゆえそう思うのだ」

「徳太郎が、先ほどの番頭とおぼしい男以外の誰にも見えぬよう、小指を立てたからだ。これは、前もって景浦屋という口入屋から、そうするようにいい含められていたからにちがいない、と俺は思ったのだ。これだけの大店のあるじが妾を持つのは、至極当然のことに過ぎぬ。それにもかかわらず、徳太郎がそのような真似をするとは、あるじは妾のことを女房に秘密にしたいのだな、と感じた。それはつまりあるじが女房を恐れているからだ」

「ほう、さすがだな」

笑みを浮かべて徳太郎が修馬をほめた。すぐに言葉を続ける。

「実際、俺も詳しいことは知らぬのだが、できるだけ内密に話を運ぶようにと、景浦屋にいわれておるのだ」

「郁兵衛という人は婿養子か」

「どうもそうらしい」

口を閉じ、徳太郎が内暖簾のほうを見やった。修馬も顔を向けた。先ほどの番頭らしい男がこちらにやってくるところだった。

「どうぞ、お上がりください」

修馬たちの前に端座し、男が少しかたい顔でいざなう。

沓脱石《くつぬぎいし》で雪駄を脱ぎ、徳太郎と修馬は座敷に上がり込んだ。

「こちらにおいでください」

番頭らしい男の案内で、修馬たちは奥の座敷に落ち着いた。出ていく男と入れちがうように、失礼いたします、といって一人の男があらわれた。徳太郎と修馬が並んでいるのを見て、わずかに困惑の表情を浮かべたものの、すぐに敷居を越えてきっちりと端座した。

「手前が郁兵衛でございます」

両手をそろえて挨拶《あいさつ》する。修馬たちも名乗った。

郁兵衛は瓜実顔《うりざねがお》で目が丸く、顎がほっそりしている。物腰は柔らかく、人のよさそうな雰囲気を全身から醸し出している。

いかにも温和そうな人物で、奉公人に対しても滅多に怒鳴るようなことはないのではないか、と修馬は感じた。

「あの、手前が景浦屋さんにお願いした用心棒のお仕事は、お一人なのでございますが」

低い声で郁兵衛がいった。

「それはよくわかっておる」

深くうなずいた徳太郎が、どういうことなのか、すぐさま説明した。

「ああ、さようにございますか」

説明を聞き終えた郁兵衛が、納得の顔になった。

「朝比奈さまは、こちらの山内さまに、お摩伊の用心棒をお任せになるということでございますね」

「そういうことだ。山内修馬の腕は俺が請け合う。必ずやお摩伊どのを守り抜こう」

太鼓判を押すように徳太郎がいった。

「それは頼もしい」

郁兵衛がうれしそうな笑みを浮かべた。

「大隅屋どのは、お摩伊どのの件は女房どのに内密にされているのだな」

確かめるように修馬は問うた。

「はい、さようでございます」

少し恥ずかしげに郁兵衛が認める。

「実を申しますと、手前は婿養子でございまして、女房にまったく頭が上がりません。女房はおきりと申しますが、ひどい悋気持《りんきも》ちでございまして、もしお摩伊のことがばれると、ひじょうにまずいのでございます」

「おきりどのの機嫌を損じた場合、離縁ということもあり得るのか」

修馬は重ねて問うた。

「はい。手前は、まちがいなくこの店を追い出されましょう」

「それだけの危うさをはらんでいるにもかかわらず、おぬしは妾を囲ったのか」

さようにございます、といって目を伏せ気味に郁兵衛が顎を引いた。

「寄合の席で同業の者が妾のよさ、すばらしさを口々にいうものですから。その上、婿養子の手前には妾など持てないだろう、と馬鹿にするようなことも……。それで、どうしても我慢が利かず、景浦屋さんに頼んで、よさそうな人を世話していただきました」

「口入屋の紹介なら、身元は確かであろう。それなのに、お摩伊どのは何者かに狙われているというのか」

「狙われているというわけではありません」

きっぱりとした口調で郁兵衛がいい切る。

「どういうことかな」

修馬だけでなく、徳太郎も不思議そうな顔を郁兵衛に向けている。

「ここ最近、お摩伊は不審な者を身辺に見かけるそうで、気味が悪いと手前に訴えるのでございます」

「不審な者か。それが誰か、お摩伊どのにはわからぬというのだな」

「見当もつかないそうにございます」

「お摩伊どのは美人か」

「はい、それはもう」

控えめな口調ながらも、郁兵衛が自慢げに答えた。

「だったら、お摩伊どのに一目惚《ひとめぼ》れし、つきまとっている男ということも考えられるな」

「はあ、つきまといでございますか」

ほかにどのようなことが考えられるだろうか、と修馬は腕組みをして思案した。

「お摩伊どのはいくつかな」

「はい、二十三でございます」

中年増なのだな、と修馬は思った。

「お摩伊どのは妾宅では一人で暮らしているのか」

「いえ、飯炊きのばあさんがおります」

「その飯炊きばあさんも、不審な人影を目にしているのか」

「いえ、見かけていないそうでございます」

そうか、と修馬はいった。

「飯炊きのばあさんの身元はしっかりしているのかな」

「それはもう。こちらも景浦屋さんの紹介でございます」

「そういうことか。――大隅屋どのは、お摩伊どのの出自を聞いているかな」

「前は上方にいたと聞いております」

「ほう、上方の者なのか。いつ江戸に出てきたのかな」

「三年前とのことでございます」

「それは、一人で出てきたのか」

「そう聞いております」

「家人はおらぬのか」

「はい、天涯孤独の身だそうで」

二十三ですでに身寄りが一人もいないのか、と修馬は思った。

「なにゆえ一人で上方をあとにしたのだ」

「もともとお摩伊は、裕福な商人の娘だったそうでございます。それが、お摩伊が十五の歳に店が立ち行かなくなり、お摩伊は妾奉公に出ざるを得なかったそうでございます。そのときに、幸運にもよい旦那に巡り会えたそうにございますが、三年前にその人も亡くなってしまったそうで……」

自分の身に降りかかったかのように、郁兵衛が悲しみの色を浮かべる。咳払《せきばら》いして、すぐに言葉を続けた。

「旦那の遺《のこ》した財産のことで、一悶着《ひともんちゃく》あったそうでして。なにもかも嫌気が差したお摩伊は心機一転、やり直す気で江戸に出てきたと、手前は聞いております」

「お摩伊どのには江戸に知り合いは、一人もいなかったということか」

「さようにございます。実は、そのこともお摩伊の背中を押したようにございますな」

「そうか、強い女性なのだな」

「はい。しかし、今はもう一人ではございません」

どこか誇らしげに郁兵衛がいった。これは、と修馬は思った。今は郁兵衛がついているということを意味するのではなさそうだ。

なるほどそういうことか、と修馬は覚った。

「お摩伊どのには赤子がいるのだな」

「さようでございます」

胸を張って郁兵衛が答える。

「むろん、おぬしの子であろうな」

「はい、さようで。男の子でございます」

「つかぬことをきくが、おきりどのとのあいだに子はおるのか」

「いえ、おりません」

「では、その子がこの店の跡継ということか」

「それは、おきりが認めてくれたら、ということになりましょう」

まさかおきりという女房がお摩伊のことを嗅ぎつけ、いろいろと調べさせていると
いうようなことはあり得ないか。

――あり得ぬことではない。どんなことも今は考えられる。

「おきりどのの父親は健在なのかな」

郁兵衛を見つめて修馬はきいた。

「いえ、もう亡くなっています」

「それでもおきりどのに、おぬしは頭が上がらぬのか」

「はい、一緒になった当初から手前は尻に敷かれておりまして、女房の怖さが身に染
みついてしまっております」

実際に、郁兵衛がぶるりと身を震わせた。

修馬、と徳太郎が呼びかけてきた。

「とにかく、一刻も早くお摩伊どのに会ってみるのがよいのではないか」

「うむ、そうしよう」

「大隅屋どの、景浦屋から用心棒代をきいておられるか」

姿勢を正して徳太郎が郁兵衛に問うた。

「はい、うかがっております」

郁兵衛も背筋を伸ばしてうなずいた。

「用心棒をつとめられるお方に、一日二分を支払ってほしい、ということでございます」

なんと、と修馬は腰が浮きそうになった。まさかそこまでの好条件だとは思っていなかった。一日二分ということは、二日で一両になるのだ。

――これは助かる。できれば、ずっと長く続いてほしいものだ。

自分でもさもしいと思ったが、背に腹はかえられない。

ほくほくした思いで修馬は座敷を出た。その後ろに徳太郎と郁兵衛が続く。内暖簾を抜け、座敷を通り過ぎる。

土間の沓脱石で雪駄を履こうとしたとき、背後から、あなた、と尖《とが》った感じのする女の声がかかった。

「あっ、おきり」

びくりとして振り返った郁兵衛が、ばつの悪そうな顔をする。

「お出かけですか」

やや太っているものの、色白でなかなかの美形といってよい。歳は三十をいくつか超えているようだ。上等の着物をそつなく着こなしていることが、修馬に育ちのよさを覚えさせた。さすがに大店の娘といったところだ。

ただ、目尻がつり上がっているところが、性格のきつさを感じさせる。

「うむ、ちょっとな」

郁兵衛が言葉を濁す。

「どちらへ行かれるのです」

おきりが容赦なくきいてくる。

「剣術道場だ」

腹を決めたように郁兵衛が答えた。

「えっ」

この言葉にはさすがにおきりも虚を衝かれたようで、絶句した。

「同業の三原屋《みはらや》さんも剣術を習いはじめただろう。わしも見習おうと思ってな」

「あなた、剣術になど関心があったのですか」

「あったさ」

「初耳ですよ」

「今まで話さなかっただけだ」

「どうして急に剣術を習おうなどと思い立ったのです」

「おきり、実は急ではないのだよ。ずっと習いたかったが、これまでその暇がなかった」

顔を伏せつつも郁兵衛がいい募る。

「暇は、今もないのではありませんか」

「確かにない。だが、忙しさを理由にしていたら、いつまでたっても習うことができないからな」

おきりが、妙だという思いを抱いているのは、その表情から明らかだ。

「そちらのお二方は」

目を修馬と徳太郎に向け、おきりが郁兵衛にきいた。

「もちろん、わしが習おうとしている道場の師範代をつとめておられるお方だ」

「さようでございますか。なんという道場でございますか」

修馬をまっすぐ見ておきりがたずねてきた。

「山《やま》ノ内《うち》一刀流でござるよ」

笑みをたたえて修馬はおきりにいった。

「道場はどこにあるのでございますか」

「番町にござる。それがしは旗本の部屋住《へやずみ》でござってな、幸運にも、屋敷近くの剣術道場に、師範代の職を見つけることができたのでござるよ」

立て板に水とばかりに、修馬はすらすらと述べ立てた。

「では、出かけてきますよ。おきり、あとを頼みますね」

にこにこと笑んで郁兵衛がいった。

「あなた、供は連れていかないのですか」

「うん、今日は一人で行ってくるよ」

おきりにほほえみかけた郁兵衛が土間を突っ切り、通りに面した暖簾を払う。修馬と徳太郎はその後ろに続いた。

風が吹き渡り、激しく土埃が上がる道を修馬たちは歩いた。行きかう者たちは、顔を伏せるようにして道を進んでいた。

四半刻ほどで郁兵衛が足を止めた。

ふう、と修馬の口から吐息が漏れた。ここは狭い路地になっており、風はほとんど吹き込んでこない。

「こちらですよ」

修馬たちの前に、生垣《いけがき》にぐるりを囲まれている家が建っている。生垣の切れ目に枝《し》折戸《おりど》がついており、その先には黒い敷石が続いていた。

修馬はあたりの気配を嗅いだ。今のところ、どこにも怪しい感じはない。

徳太郎も警戒の目を付近に放っていたが、すぐに両肩から力を抜いたのが、修馬にはわかった。

「うろんな者は、おらぬようだ」

修馬と郁兵衛を交互に見て徳太郎がいった。うむ、と修馬はうなずいた。

「修馬、俺はここまでだ」

いきなり徳太郎がいったから修馬は驚いた。

「どういうことだ、徳太郎」

間髪を容《い》れずに修馬はたずねた。横で郁兵衛も目をみはっている。

「すまぬ。これから、ちと用事があるのだ」

どんな用事なのだ、と修馬はききかけてやめた。徳太郎の顔つきからして、仕官話があるのではないか、と思い当たったのだ。

「そうか。わかった」

それ以上はなにもいわず、修馬は了解した。

「行ってこい」

「かたじけない」

すまなそうに徳太郎が頭を下げる。

「謝るようなことではない。礼をいうのは俺のほうだ」

「修馬、頼むぞ」

瞳に真剣な光を宿して徳太郎がいった。

「うむ、任せてくれ」

修馬はおのれの胸を、どんと叩いてみせた。

「大隅屋どの、ではこれでな」

郁兵衛に向き直り、徳太郎が辞儀する。

「は、はい。失礼いたします」

郁兵衛が丁寧に腰を折った。

徳太郎が足早に歩き去る。顔を上げて修馬は見送ったが、ずんずんと力強く歩いていく徳太郎の姿はすぐに見えなくなった。

「では、まいろう」

修馬は郁兵衛をいざなった。はい、と郁兵衛が首を縦に振った。

修馬と郁兵衛は枝折戸を入り、母屋の前に立った。そんなに広い家ではないが、まだ建ってから間もないらしく、木の香りがふんわりと漂っている。いい木材をふんだんに使ったのがわかる造りになっている。

「お摩伊、いるかい」

郁兵衛が板戸をとんとんと叩いた。

「はい」

若い女の声が聞こえ、心張り棒が外される音が修馬の耳に届いた。

軽い音を立てて板戸が開く。

「旦那さま」

お摩伊らしい女が顔をのぞかせる。

郁兵衛が自慢げにいうだけのことはあって、お摩伊は美形だ。眉《まゆ》がくっきりと通り、彫りが深い顔立ちをしている。おびえているのか、憂い顔をしている。それが、どこか男心をそそるものがある。

「山内さま、こちらがお摩伊です」

手のひらを向け、郁兵衛が紹介する。

「お摩伊、こちらは山内修馬さまだ。今日からおまえを守ってくださる」

修馬たちは家に入った。

すぐさま修馬は家の中を見て回った。全部で四つの部屋があった。いちばん奥がお摩伊と郁兵衛の寝室ということだ。もっとも、郁兵衛がこの家に泊まっていくことは、滅多にないそうだ。

「お摩伊どの、詳しい話を聞かせてくれるか」

客間におさまってすぐに修馬はただした。

「は、はい」

少し戸惑ったような顔をしたが、お摩伊が話しはじめた。

「数日前から、誰かに監視されている気がしてならないのです」

お摩伊がすがるように郁兵衛を見る。まるでこの世に頼れるのはあなたしかないのです、と語っているような顔である。お摩伊が郁兵衛のことを心から慕っているのを、すぐさま修馬は知った。

「怪しい人影を見たようなことは」

「もちろんあります」

「どんな者だった」

「男の人ということしかわかりません」

目を伏せ気味にお摩伊が答えた。

「見覚えは」

「はっきり顔を見たわけではありませんので、正直、わかりません」

「そうか」

不意に赤子の泣き声が聞こえてきた。

「あっ」

お摩伊があわてて隣の間に駆けつける。寝かせておいた赤子を抱き、乳を与えはじめた。しかし、生まれて間もない様子の赤子はほとんど乳を飲んでいないようだ。

おしめが濡《ぬ》れているのではないだろうか、と修馬は思った。

「お摩伊、おみくはどうした」

これは飯炊きのばあさんのことだろう。

「導良《どうりよう》先生を呼びに行ってもらっています」

「祐太郎《ゆうたろう》の具合が、また悪いのか」

眉を曇らせて郁兵衛がきいた。

導良というのは、多分、近所の医者のことであろう。

「いえ、ちょっと私が風邪《かぜ》気味で……」

こほこほ、とお摩伊が小さく咳をした。

「寝ていなくて大丈夫か」

「はい、大丈夫です。引きはじめですから、導良先生に薬を煎《せん》じてもらえれば、すぐに治ると思います」

そのとき戸口のほうで人の気配がした。

「失礼するよ」

男の野太い声が聞こえ、土間に入り込んだらしい足音も修馬の耳に届いた。

戸口を出たところで導良が頭を下げた。

「では、これでな」

助手の若者を連れて導良が外に出た。

「ありがとうございました。おかげさまで、すっかりよくなったようです」

弾んだ声でお摩伊が礼をいった。

「薬の効力が出るのは、もう少し後のような気がするがな」

ほっほっほっ、と導良が笑い、助手とともに帰っていった。

修馬は、お摩伊のそばから決して離れることはなく、導良たちの姿を最後まで見送った。

「では、わしも帰るよ」

修馬の横に立っていた郁兵衛が、お摩伊に告げた。

「いつまでも店を留守にするわけにはいかんからな」

「さようですか」

お摩伊は寂しそうだ。心細げでもある。

「そんな顔をせずともよいよ。今日からは山内さまもついてくださることだし。――山内さま、どうか、よろしくお願い申し上げます」

「任せてくれ」

一礼し、郁兵衛が家を後にする。

郁兵衛の姿が見えなくなってから、祐太郎を寝かせてある部屋にお摩伊が戻った。

「あっ」

敷居際でお摩伊が声を上げた。修馬も驚いた。庭先に一人の男がいたからだ。

修馬はすぐさま腰を落とし、刀を引き抜ける体勢を取った。

「小間物屋さんですよ」

祐太郎の様子をお摩伊の代わりに見ていたおみくが笑った。

腰高障子は開け放たれている。日当たりのよい濡縁のそばでぐっすりと寝ている祐太郎を見つめ、そばに立った小間物屋がにこにこと笑んでいる。

「ああ、なんだ、日野屋《ひのや》さんでしたか」

顔見知りらしく、お摩伊がほっとした顔になった。日野屋と呼ばれた小間物屋は、人のよさそうな顔と物腰をしている。

「手前にも孫がおりましてな……」

濡縁に静かに腰を下ろし、日野屋は祐太郎をじっと見ている。いかにも好々爺《こうこうや》という感じだ。

「あの、日野屋さん、今日はなにもほしい物がないから」

「ああ、すみません。つい赤子に見とれてしまって……」

丁寧に辞儀して、日野屋という小間物売りが庭から姿を消した。

その後、修馬はお摩伊のそばで時を過ごした。昼餉、夕餉とおみくがつくってくれた。おみくは包丁が達者で、食事はとてもうまかった。料理屋でも開けるのではないか、と修馬が思ったほどだ。

やがて暮れ六つ（六時）を過ぎた。夜のとばりが降りて半刻（一時間）ばかりで、お摩伊が祐太郎とともに寝につく。明かりが消された。

うっすらとした闇の中、修馬は隣の間で刀を抱き、柱に背中を預けて目を閉じた。

それからどのくらい時がたったか。

気配を感じ、修馬は目を開けた。

誰かが庭にいるような気がする。

修馬は立ち上がり、静かに襖を開けて隣の間に入った。

お摩伊と祐太郎が眠っている。おみくは台所横の部屋を与えられている。

眠りが浅いのか、お摩伊がはっとして目を覚ます。

「俺だ、山内だ」

声をひそめて修馬は告げた。

「誰かいる。祐太郎と一緒に押入に入っていてくれぬか」

「は、はい」

修馬は押入を開けた。すやすやと眠っている祐太郎をそっと抱き上げて、お摩伊が押入に入り込む。修馬は襖を閉じた。腰を落とし、庭に面した腰高障子を見つめる。

やはり誰かいる。まちがいない。

確信した修馬はじりじりと障子に近づき、引手に手をかけ、さっと横に引いた。

庭石のかたわらに男が立っていた。修馬を見るやすぐさま体をひるがえし、庭を駆けはじめた。

「待ちやがれ」

怒声を発して修馬は追った。

だが、庭の立木に突き当たったところで足を止めた。お摩伊たちをそこに置いたまま深追いはできない。

——くそっ。

修馬はすぐにお摩伊のところに戻った。押入に向かって声をかける。

「大丈夫だな」

「は、はい」

修馬が襖を開けると、お摩伊がほっとしたように顔を見せた。祐太郎は相変わらず安らかに眠っている。

「なかなか図太い子だな。将来、きっと大物になろう」

目をこすりながらおみくがやってきた。

「誰か来たのですか」

目をしばたたいて、おみくは不安そうな顔をしている。

「そうだ。確かに男が庭にいた」

むう、とうなり声を上げて修馬はかたく腕組みをした。

――今の男、時造《ときぞう》のように見えたが……。

とにかく、と修馬は思った。お摩伊の言は正しかった。勘ちがいなどではなかった。

――なんとしても、お摩伊どのを守らなければならぬ。

深く息を吸い込み、修馬は肝に銘じた。

第二章

一

ちらりと振り返った。

大勢の者が、ひしめくように歩いている。さすがに、江戸の中で最も繁華な町の日本橋である。

急ぎ足で歩を進める徳太郎の目に入るのは、道を行きかう者の顔だ。笑ったり、明るく話をしたりしているのは町人ばかりで、武家は小難しい顔をしている者が多い。

——俺も侍の端くれだが、やはりおもしろくなさそうな顔つきをしているのだろうか。うむ、そうかもしれぬ。よくまじめ腐ったとか、融通が利かぬとかいわれるゆえな。だからといって、それが悪いとも思わぬ。侍たるもの、愛想がないくらいでちょうどよい。

いま徳太郎は、修馬のことが気にかかっている。後ろを振り返ったのは、お摩伊という女の家があると思える方角を、なんとなく見てみたのである。

昨日、徳太郎と別れたあと、修馬はお摩伊とじかに会い、どんな者に狙《ねら》われているのか、狙われるような心当たりがあるのか、つまびらかに話を聞いたはずだ。今はお摩伊の家で、警護についている最中だろう。

昨日は、と徳太郎は案じた。修馬やお摩伊たちに、なにごともなかっただろうか。

徳太郎としては、なかったと信じたい。

――だが修馬という男は、風雲を巻き起こすようなところがあるゆえな。まあ、あの男のことだ、大丈夫だろう。仮になにかあったにしろ、なにごともなく乗り越えたにちがいあるまい。

徳太郎は、修馬という男に万全の信頼を置いている。

修馬は一見、人として軽いように見えるが、それは表向きのものに過ぎない。人物は信用できるし、責任感も強い。任された仕事は、必ずやり遂げる忍耐強さも持ち合わせている。剣の腕もけっこう立つ。頭の巡りも悪くないし、善悪の判断もしっかりしている。

修馬とはそれだけの男なのだ。それにもかかわらず、徒目付《かちめつけ》を馘《くび》になったなど徳太郎には信じがたい。

修馬の話を聞く限りでは、深酒をした翌日、事件の場にだいぶ遅れて行ったらしく、そのことを咎《とが》められて馘になったようなのだが、あの男は酒が強い。なにか陰謀のようなものに巻き込まれて、わざと翌朝、起きられないほどの酒を飲まされたというようなことはないのだろうか。あるいは、酒に薬を盛られた、ということはないのか。修馬自身、徒目付という役目に未練はないと口にするが、果たして本心かどうか。

――本心ではあるまい。

徒目付を馘になったことに対し、修馬は内心、忸怩《じくじ》たる思いを抱いているのではないか。侍である以上、おのれの名誉を回復したいと願っているはずなのだ。

あの男なら、と徳太郎は修馬の顔を思い浮かべた。きっと徒目付に返り咲く日がやってこよう。

そして、と続けて徳太郎は思った。なにがあろうとも、こたびの仕事ではお摩伊という女を守り切ってくれるはずだ。

――だから、お摩伊どののことを俺が案ずる必要はない。修馬に任せておけば大丈夫だ。

そうはいっても、徳太郎に後ろめたさがないわけではない。昨日、用事があるといって修馬と別れたのは、信州小諸《こもろ》で一万五千石を領する牧野《まきの》家という大名家の江戸家老と江戸留守居役に会う約束があったからだ。

用心棒仕事を修馬に押しつけて、自身は仕官のための面談をしたのである。その採否の結果を聞くために、いま徳太郎は牧野家の上屋敷に向かっているのだ。足取りは決して重くない。むしろ軽いといってよい。徳太郎の胸は、希望に弾んでいるのだ。

――今回こそ大丈夫だ。俺は仕官がかなう。かなわぬはずがないではないか。

昨日は、牧野家の江戸家老や留守居役だけでなく、殿さまにも会えたのだ。牧野家の殿は三河守康時《みかわのかみやすとき》といい、なかなかの名君として知られている。

――自分でいうのもなんだが、三河守さまとの面談はとてもうまくいった。あの殿さまは、この俺に好感を持ってくれたはずだ。

町地が切れ、歩く者の姿がだいぶ減ってきた。すでにまわりは武家屋敷ばかりになっている。町地が多い日本橋界隈《かいわい》でも、侍が大勢暮らす江戸ということで、武家屋敷がかたまっているところがあるのだ。

牧野家の上屋敷に近づくにつれ、さすがに胸が高鳴ってきた。それにつれて、徳太郎の足は、泥でもなすりつけたかのように重くなってきた。

牧野家の上屋敷まであと一町（約一〇九メートル）ばかりというところまで近づいたとき、自分の鼓動が聞こえてきた。どくどく、と激しく打っている。

——落ち着け。

あえてゆっくりと歩を運びつつ、徳太郎は自らに命じた。

——まだ結果を聞いておらぬのに、今からおたおたしてどうするというのだ。

だが、ともう一人の自分が思った。うろたえるなというほうが無理ではないか。念願の仕官がかなうかどうか、今日はその瀬戸際なのだから。

牧野屋敷にまだ着かないでほしい、という気持ちが徳太郎の中に出てきている。昨日は十分すぎる手応《てごた》えがあったとはいえ、仕官というものは選ぶ側の都合で決まるものだから、正直、どう転ぶかわかったものではない。結果を聞くのは、できるだけ先延ばししたいという思いがある。

しかし、もうあと五間（約九メートル）も歩けば、上屋敷の表門である。

昨日は牧野家の上屋敷を初めて訪れたということもあり、少し道に迷った。武家屋敷には、目印となるような看板や扁額《へんがく》が掲げられているわけではないのだ。

切絵図は、町割や武家屋敷の場所などを確認するためにつくられている。江戸見物に来た者や、武家屋敷を訪問することの多い商人に重宝されている。

今日は当たり前のことながら、徳太郎はまっすぐ牧野家の上屋敷に着いた。

——まだ約束の刻限になっていないのではないか。いや、じきに四つ（十時）の鐘が鳴る頃だろう。

徳太郎の足はふわふわしはじめており、どこか宙を踏んでいるような感じがある。

——ここまで来たというのに、このざまか。情けないぞ。男だろう。男ならば、しっかりせい。

足を止めた徳太郎は長屋門の前に立ち、おのれの身なりを見下ろした。昨日に引き続き、今日も袴《はかま》を穿《は》いている。

着衣には、どこにも乱れはない。これなら失礼に当たることはなかろう、と徳太郎は思った。

顔を上げ、脇についている小窓を見上げた。深く息をついて心を落ち着けてから、腹から声を発した。

「頼もう」

徳太郎の訪《おとな》いに応じて小窓が開き、門衛らしい者の目がのぞいた。昨日の門衛とは異なる男のようだ。

徳太郎は朗々たる声で名乗りを上げた。

「それがし、朝比奈徳太郎と申す者。御留守居役の霜田《しもだ》さまにお目にかかりたい」

「朝比奈どのといわれたが、御留守居役とはお約束をされていらっしゃるか」

小窓から門衛がきいてきた。

「四つに約束しておりもうす」

「さようでござるか。承知いたしました。朝比奈どの、まことに申し訳ござらぬが、そちらでしばらくお待ちくださらぬか」

わかりもうした、と徳太郎は静かにいった。

軽い音を立てて小窓が閉まり、人の気配が遠のいていく。

つと、二羽の雀《すずめ》が徳太郎の足元に舞い降り、地面をついばみはじめた。しきりに餌《えさ》を探っていたが、不意に強い風が吹き渡り、土埃《つちぼこり》が舞い上がった。その風に巻き上げられるかのように、二羽の雀はせわしない様子で飛び立った。

風にあおられ、徳太郎の袴の裾《すそ》もばたばたと音を立てた。徳太郎は二羽の雀を目で追っていたが、やがて見えなくなった。そのとき、ふと誰かに見られているような気がした。

——これは、なんだ。

徳太郎は戸惑いを覚えた。

——俺は誰かに張られているのか。だが、そのような覚えはないぞ。

ここしばらく身辺は平穏で、人に狙われるような心当たりはまったくないのだ。

どういうことかわからず、徳太郎はさりげなく左右や背後に目を向けた。おっ、と我知らず声が出た。上屋敷の東側の角に辻《つじ》番所が置かれているのだが、その陰に一人の男が立っているのが見えたのだ。ここからだと、半町もない。

――俺が感じた眼差《まなざ》しは、あの男がよこしているのだろうか。

どうやらそのようだ。男は、徳太郎のほうを見据えているらしい。

じっと見返してみたものの、徳太郎に見覚えがある男ではない。

男は小柄なようだ。辻番所の高さと比べてみれば一目瞭然《いちもくりょうぜん》である。背丈は、五尺（約一五二センチ）もないのではないか。

――なにゆえ、あの男は俺を見ているのか。もしや、あの男も牧野家に仕官をしようとしているのか。俺はあの男の競争相手ということなのか。

しかしながら、男は侍のようには見えない。百姓ではないか。徳太郎はそんな気がした。どこか在所から出てきた男なのではないか。

だが、その小さな姿からは百姓とは思えない迫力めいたものが発せられている。まるで剣の遣い手のような感じだ。

――いや、まちがいなく相当の腕の持ち主だろう。いったい何者なのか。

もしかすると、と徳太郎は男を見つめて思った。牧野家に用事があるのか。だが、それならば、あんな場所にずっと立っておらずともよいのではないか。

あの強い眼差しには、なにか粘ったようなものが感じられる。

牧野家の上屋敷を、見張っているのだろうか。牧野家に対し、なにかうらみを抱いているのかもしれない。

——もしそうだとして、どんなうらみだろうか。

ふと、長屋門の向こうに人の立ち戻る気配が動き、きしんだ音を立ててくぐり戸が開いた。先ほどの門衛らしい男が顔をのぞかせる。目が垂れ、人のよさを感じさせたが、先ほどとは異なり、どこか顔がこわばっている。

「どうぞ、お入りください」

柔らかな声音でいった。

どうしたのだろう、と徳太郎はいぶかしんだ。先ほどは、こんなかたい表情をしていなかった。

——あの小柄な男と、なにか関係あるのだろうか。

徳太郎は、小柄な男のほうにちらりと目を向けた。

おっ、と徳太郎の口から声が漏れ出た。もうそこに男の姿はなかったのだ。

「どうかされたか」

不思議そうに門衛にきかれた。

「いや、なんでもござらぬ」

徳太郎は口を閉じた。今あの男のことを斟酌《しんしゃく》したところで、はじまらない。門衛の言葉にしたがい、徳太郎は身を低くしてくぐり戸を抜けた。

——それとも、この門衛は、もしや俺の仕官が駄目だったことを知っているのか。だからこんなかたい表情をしているのか。いや、いくらなんでも、門衛が俺の採否の結果を知っているはずもなかろう。考えすぎだ。今は悪いことは考えぬほうがよい。

自らを戒めつつ徳太郎が中に入ると、正面に屋敷が見えた。

むう、と徳太郎はわずかに眉根《まゆね》を寄せた。牧野家の上屋敷内には、どこか落ち着かなげな雰囲気が漂っている。妙にばたばたしているような、あわただしさも感じ取れる。

——なにかあったのだろうか。

先ほどの小柄な男の姿が、徳太郎の脳裏を横切る。

「こちらにどうぞ」

敷石を踏んだ徳太郎は、門衛の男にいわれるまま玄関の前に立った。

玄関は二つある。正面の大きな玄関ではなく、その横についている狭いほうの玄関から中に入る。

構えの立派な広い玄関を使える者は、この屋敷の当主か、将軍など身分の高い者に限られる。

式台の上に二畳ばかりの広さの間があり、そこに一人の男が座していた。留守居役の霜田ではなく、取り次ぎ役の侍である。

昨日も会っているが、徳太郎は名を知らない。今日は昨日と異なり、やや眉がつり上がっているように見えた。

――これはおそらく、この屋敷内に漂う落ち着かなさと関係しているにちがいあるまい。

またも、先ほどの男のことが頭に浮かんできた。あの男は、歳《とし》は三十をいくつかまわっていただろうか。刀らしい物は帯びても、手にしてもいなかったが、相当の遣い手であるのは紛れもない。

「朝比奈どの、お上がりください」

「かたじけない」

雪駄《せった》を脱いだ徳太郎は式台に上がった。取り次ぎ役の侍にいわれる前に、腰から大小を外し、差し出した。

「痛み入る」

取り次ぎ役の侍がうやうやしく大小を受け取り、そばに控えている若侍にそっと手渡す。頭を下げた若侍が徳太郎の大小を持ち、廊下を左側に向かって歩き出した。

両刀が腰にないと、なにか自分でも頼りない気持ちになってくる。ここでもし斬《き》りかかられたりしたら、どうなるのか。そんなことはあり得ないが、素手で生きて帰れる気はしない。相手の得物を奪うしか生き延びる手はあるまい。

――この世はなにがあるかわからぬ。一寸先は闇《やみ》、というのは真実だろう。どんなことが起きても常に冷静に対処できるようにしておかねばならぬ。

「こちらにどうぞ」

取り次ぎ役の侍に導かれ、徳太郎は廊下を若侍と逆の方向へと向かった。

長い廊下を十間ばかり進んだところで、取り次ぎ役の侍は足を止め、ねじ曲げられたような松の木と小舟の浮かぶ大河が描かれた襖《ふすま》をからりと開けた。

「どうぞ、お入りくだされ」

昨日も通された部屋である。八畳間で、きれいに掃除が行き届いている。

ただし、畳はだいぶ古びており、醬油《しょうゆ》で煮染めたような色をしている。すり切れているところも、だいぶある。

徳太郎は浪人とはいえ、客である。その客を通す間がこんな様子である以上、ほかの部屋はいったいどんなありさまなのか。

台所事情が切迫しているこの家の内情が、目に見えるようだ。もっとも、これは牧野家に限らず、他の大名家や旗本家も似たようなものだろう。

八畳間は無人で、がらんとしていた。下座の座布団を後ろに引いて、徳太郎は端座した。ではそれがしはこれにて失礼いたします、と取り次ぎ役の侍が襖を閉じた。

徳太郎は会釈気味に頭を下げた。静かな足音が廊下を足早に遠ざかっていく。それを聞きながら徳太郎は目を閉じた。

——しばらく待たされるやもしれぬな。

武家屋敷というのは、もったいをつけるためでもあるまいが、だいたいどこも最低でも四半刻（三十分）ばかり待つのが当たり前になっている。長いところでは、一刻（二時間）以上も待たされることもあった。

——おや。

徳太郎は目を見開いた。床の間にかけられた掛軸が目に飛び込んできた。鷹《たか》と富士という図である。こちらもだいぶ古びていた。

どこからか、あわただしい足音が聞こえてくる。切迫しているような、何人かの話し声も聞こえる。何人かの者が、屋敷の外に出ていったようだ。

辻番所の陰に立っていたあの小柄な男を、捜しに行ったのではないのか。

——おそらくそうだろう。となると、あの小柄な男は、この家に仇《あだ》なす者なのか。

あの男は牧野家になにかしでかしたのか。お尋ね者ということなのか。

だが、それならば、なにゆえわざわざ上屋敷近くに姿をあらわしたのか。牧野家に害を与えたにもかかわらず、まだし足りないということか。

「お待たせしました」

廊下から穏やかな声がかかり、失礼いたす、と襖がするすると横に滑った。

あらわれたのは、江戸留守居役の霜田杢右衛門《もくえもん》である。徳太郎を見て、笑みをつくろうとつとめているらしかったが、苦い物でものみ込んだかのように眉間に深い縦じわを刻んでいた。なにか辛いことがあるのではないかと徳太郎は感じた。

「朝比奈どの、よくいらしてくれた」

快活な声で杢右衛門がいったが、口調に重苦しさがあるのは否めない。

「いえ、こちらにまたうかがうことは、昨日お約束したゆえ、当然のことにござる」

自分でも堅苦しい答え方かと思ったが、今さらおのれを変えようがない。

「さようにござったな」

豆手ぬぐいで杢右衛門が額の汗をぬぐう。

「ところで朝比奈どの」

豆手ぬぐいを袂《たもと》に落とし込んだ杢右衛門が呼びかけてきた。

「我が殿がまたお会いになりたいとおっしゃっているのだが、よろしいでしょうかな」

それを聞いて徳太郎の胸は喜びに満ちた。

「三河守さまが……」

――三河守さまじきじきに、召し抱える、というお言葉をかけてくださるのではないのか。うむ、きっとそうにちがいない。

「もちろん、それがしもお目にかかりたく存じます」

力強い口調で徳太郎は答えた。

「では、まいりましょうか」

はっ、と答えて徳太郎は立ち上がった。杢右衛門とともに廊下に出て、三河守康時が待つ間に向かう。

屋敷の奥に向かうにつれて廊下は暗くなっていき、かび臭さが濃くなってきた。どういうわけか徳太郎はくしゃみが出そうだったが、気力でなんとかこらえた。

この屋敷は、あまり風通しがされていないようだ。それとも、風通しなどは関係なく、ただ単に建物自体が古くなってきているに過ぎないのか。

「こちらでござる」

李右衛門が立ち止まった。今度の襖絵は、深山と切り立った谷というものだ。

「殿、朝比奈どのをお連れいたしました」

襖越しに李右衛門が声を発する。

「入ってもらいなさい」

穏やかな声が徳太郎の耳に吸い込まれると同時に、襖がするすると動きはじめた。

二尺ほどできた隙間《すきま》から、にこりとしてみせたのは若い小姓のようだ。李右衛門がその小姓にうなずきかける。

「かたじけない。――では朝比奈どの、御前にまいりましょうぞ」

李右衛門にいわれ、徳太郎はそのあとにしたがった。

一段上がったところに、一人の男が座している。徳太郎は、そちらをできるだけ見ないようにした。

体の向きを変え、李右衛門が端座する。その横に徳太郎は静かに座した。

「朝比奈、よう来たな」

牧野康時が機嫌のよさを感じさせる声を発した。ありがとうございます、という意味を込めて徳太郎は深くこうべを垂れた。

「朝比奈、面《おもて》を上げよ」

はっ、と答えて徳太郎はわずかに顔を動かした。それだけで、こちらをのぞき込むようにしている康時の顔が目に入る。

正確な歳は知らないが、康時は五十前後というところだろう。面長で目が細く温和な風貌《ふうぼう》にはいかにも物静かな物言いが似合っており、家臣たちからことのほか敬愛されているのではないかと思わせるところがある。

――三河守さまは、先ほどの騒ぎをご存じなのだろうか。

心中で徳太郎は首をひねった。穏やかな相貌を見る限りでは、家臣からはなにも知らされていないとしか思えない。

「朝比奈、そのほうはとてもよい男だ。無口で実直、廉潔としかいいようのない男よ。しかも、剣の腕はすばらしく立つという。まこと、侍の鑑《かがみ》のような男であるな」

口を極めて康時がほめた。

それを聞いた徳太郎は腹に力を込め、笑みが浮かびそうになるのを必死にこらえた。まだ喜ぶのは早い。

「ゆえに、余はなんとしてもそのほうを召し抱えたい」

「まことでございますか」

ほとばしるように言葉が徳太郎の口から飛び出した。

「うむ、まことのことだ。余は嘘《うそ》をつかぬ」

康時が重々しくうなずく。やった、と徳太郎は天にも昇らんかという気持ちになった。

だがそれも束《つか》の間《ま》、康時が顔を暗くした。

「しかしながら朝比奈……」

徳太郎の名を口にした康時が、言葉を忘れたかのように絶句する。

「残念ながら、我が家《いえ》では、そのほうを召し抱えることはできぬ」

えっ、という声が漏れそうになるのを、徳太郎は奥歯を嚙《か》み締めて我慢した。

徳太郎をじっと見て、康時が言葉を続ける。

「本来ならば、そこの霜田がいうべきことなれど、余はそのほうに申し訳なく、自ら知らせることにしたのだ」

「畏《おそ》れ多いことにございます」

――またしくじりに終わったか。

落胆の波に心を覆い尽くされながらも、徳太郎は言葉をしぼり出した。

「三河守さまのそのお言葉をいただけただけで、それがし、これからもがんばって生きていこうという気になります」

うむ、と康時が大きく顎《あご》を引いた。

「そのほうならば、きっと仕官の望みはかなえられよう。あきらめずに精進してほしい」

ねぎらうようにいって、康時が続ける。

「我が家は、苦しい台所事情を好転させることのできる者を捜しておったのだ。台所が厳しいゆえ、領内の民百姓には苦しい思いばかりさせておるゆえな」

「さようでございましたか」

どういうわけか、そういうところに徳太郎は紛れ込んだということか。牧野家が人材を欲していると紹介してくれたのは、以前、徳太郎が師範代をつとめたことのある道場主だったが、太平の世が長く続くこの時代にしては珍しく、剣の腕の立つ者を切望しているとのことで、徳太郎は昨日、勇んでこの屋敷にやってきたのだ。

だが、牧野家の者は徳太郎の剣の腕を見ることはなかった。道場の紹介状は開き、熟読はしてくれたものの、思い返してみれば、そこまでだった。

昨日、見当ちがいの仕官志願者がやってきたことを知りつつ康時が徳太郎に面会してくれたのは、どういう理由があってのことだったのか。一万五千石の小大名ということもあり、家臣を取り立てるときは、必ず康時もその者に会うことにしているのかもしれない。

きっとそうなのであろうな、と徳太郎は納得した。

だったら昨日、と思った。断ってくれればよかったのだ。そうすれば、今日わざわざ足を運ぶ必要はなかった。

暗い怒りが徳太郎の中で渦巻いた。恥ずかしさも込み上がってくる。

「すまぬな、朝比奈」

少し身を乗り出し、康時が徳太郎にいたわりの言葉をかけてきた。

「さぞ腹が立ってならぬであろう。――今日、そのほうに来てもらったのは、これをそのほうに渡そう、と思ったゆえだ」

顔を動かし、康時が杢右衛門にうなずいてみせる。

はっ、といって杢右衛門が三方から短刀を取り上げた。徳太郎はそれを見つめた。

黒塗りの鞘《さや》に黒糸巻の柄《つか》である。無骨さを感じさせる拵《こしら》えだ。

わずかに膝《ひざ》を進めた康時が説明する。

「それは、我が領内の刀工、藤原孝時《ふじわらたかとき》と申す者が打ったものだ。刀工として、腕は屈指のものがあると、余は考えておる。刀身を見てもらえば、そのことはよくわかろう。朝比奈、これを余の気持ちとして受け取ってもらえぬか」

康時に思いもかけない言葉をかけてもらったことで、徳太郎は胸が一杯になった。

――三河守さまは、これがために、俺を呼ばれたのだな。

もう十分だ、と徳太郎は思った。仕官の採否を知らせる際に、これほどの厚意を受けられる者はそうはいないだろう。

――これでよしとしなければならぬ。

目頭が熱くなり、徳太郎はうつむいた。畳の上に、ぽたりぽたりといくつものしみができていく。

涙を流しながら徳太郎は、対面の間というのに、ここの畳もあまりきれいとはいえないことに気づいた。

この家の台所の苦しさが如実に出ている。今さら剣の遣い手など必要としないのは、当然のことなのだ。それだけの余裕など、牧野家にあるはずがない。苦しい台所事情を好転させるだけの力を持つ者がほしいというのは、小諸牧野家にとって、切実な願いなのだろう。

杢右衛門から短刀を受け取った徳太郎は、胸にかき抱くようにした。

「ありがたき幸せにございます」

うむ、と康時がうなずいた。

「三河守さまのことは、それがし、一生忘れませぬ」

「余もそのほうのことを決して忘れぬ」

思い切って顔を上げ、徳太郎は康時を見た。康時も徳太郎に真剣な目を当てていた。

——俺を召し抱えたいという三河守さまの思いは、嘘ではない。

確信した徳太郎は感動を覚えた。もしこの家の家臣となれていたら、命を懸けて康時に仕《つか》えたことだろう。

それができないことに、徳太郎は悲しさと寂しさを覚えた。同時に、康時に仕えている家臣がうらやましくてならなかった。

「朝比奈、では、余は失礼する」

徳太郎に断ってからゆったりとした仕草で立ち上がり、康時が小姓とともに退出した。大名というのは忙しいものだ。それにもかかわらず、これだけの時を取ってくれたことに、徳太郎は感謝の思いしかなかった。

戸が閉まり、康時たちの姿が見えなくなった。気配が遠くなっていく。徳太郎は手にしていた短刀を懐に入れた。

「朝比奈どの、ではまいろうか」

杢右衛門にいざなわれ、徳太郎は立ち上がった。対面の間を出て、廊下を進む。

玄関に着くまで杢右衛門はなにもいわなかったが、徳太郎をじっと見て口を開いた。

「朝比奈どの、ご縁があればまたきっと会えよう。わしはそのときがくればよい、と強く願っておる」

杢右衛門の真摯《しんし》な口調は、徳太郎の心にしみた。

「ありがたいお言葉にございます」

徳太郎が深く頭を下げていると、横から取り次ぎ役の侍があらわれた。

「朝比奈どの、こちらを」

一礼して、徳太郎の両刀を差しだしてきた。

「かたじけない」

取り次ぎ役の侍から徳太郎は両刀を受け取り、腰に差した。体に芯《しん》が通ったような気持ちになった。

「では、失礼いたします」

杢右衛門と取り次ぎ役の侍に向かって腰を折り、狭いほうの玄関に回った徳太郎は式台を降りて雪駄を履いた。玄関を出て敷石の上に立つ。

途端に、涼しい風が頬《ほお》をかすめていった。康時との対面にだいぶ気を使ったようで、徳太郎の体は汗びっしょりになっていた。だが、気持ちは実に爽快《そうかい》である。

杢右衛門と取り次ぎ役の侍の見送りを受けて徳太郎は長屋門をくぐり、外に出た。

あまり人けのない道を歩きはじめる。

心はくじけてはいない。またも仕官に失敗したというのに、これは初めてといってよいことだ。

――すばらしいお方だった。

また会いたいという気持ちに徳太郎はなっている。

――まるでおなごに恋したかのようではないか。大名家というのはろくに知らぬが、すべての当主がああではあるまい。三河守さまは二人とおられぬお方よ。

こうして一人、歩を進めていると、大魚を逸したような気分になってくる。

それにしても、と徳太郎は思う。剣術の腕など、いくらすごくても、今の時代にはまったく必要とされぬものなのか。

――いや、そんなことはあるまい。だったら、どうして町人たちは競うように剣術を習っているというのだ。なにか時代のうねりのようなものを感じているからではないのか。

そうに決まっているではないか、と徳太郎は強く思った。

――俺のこの腕が必要とされるときが、必ずやくる。

牧野家の上屋敷を出て二町ばかり北に向かったとき、おや、と徳太郎は足を止めた。

前方から殺気のようなものが流れてきたのだ。

――ようなものではない。これは紛れもなく殺気だ。

徳太郎の頭をよぎったのは、小柄な男のことである。

――殺気はどこからやってきているのか。

右手の路地を曲がったほうからきている。

足を進め、徳太郎は素早く路地に入り込んだ。両側が町屋になっている狭い路地の十間ばかり先に、十人ばかりの野次馬がわいわいと騒いでいた。野次馬の人垣の向こうに六人ほどの侍の姿が見えた。どうやら誰かを取り囲んでいるようだ。

誰が囲まれているか、徳太郎には予感があった。

足早に歩いた徳太郎は、すまぬな、といって野次馬の隙間をこじ開けるようしていった。なんだあ、といわんばかりに野次馬たちが迷惑な顔を見せるが、今は忖度《そんたく》しているときではなかった。

人垣を抜けた徳太郎は、目の前に立つ男を見て、やはり、と思った。先ほどの小柄な男が六人の侍と対峙《たいじ》していたのだ。六人は刀を抜いている。小柄な男は刀袋を手にしている。

——やはり強いな。

小兵《こひょう》だが、底知れぬ実力を秘めているのが知れた。身なりからして侍ではなく、思った通り、在所から出てきた百姓のようだ。

たった一人の百姓を相手に、六人の侍が殺気を放っている。今にも斬り殺さんとしているのだ。これはいったいどういうことか。

小柄な男がなにかやらかしたのはまちがいないだろう。

それゆえに、と徳太郎は考えた。この小柄な男を捜しているのは、おそらくこの六人だけではあるまい。

きっと手分けして捜していたのだろう。

そして、この六人が小柄な男を真っ先に見つけたということなのではないか。

「捕らえよ」

六人の侍の中で、ひときわ若い侍が甲高い声を発した。あの男が最も身分が高いというわけだ。確かに、家柄がよさそうな顔つきと身なりをしている。

ということは、と徳太郎は思った。やはりこの小柄な男はなにか罪を犯し、牧野家のお尋ね者になっているのだろう。

――いったいどのような悪事をはたらいたのか。

しかしながら、小柄な男の目には、性格がねじ曲がっているような色は浮かんでいない。むしろすっきりと澄んでいる。悪事をはたらくような者の目には見えない。

「はっ」

他の五人が若い侍に答え、じり、と土を足裏でにじって小柄な男に寄っていく。殺気がさらに強まった。

侍たちは、小柄な男の強さを熟知しているようだ。殺すつもりで挑まないと、捕えることなどとてもできないのだろう。

どうりゃあ、と気合を轟《とどろ》かせ、長身の侍が斬りかかっていった。

刀袋を捨てるや小柄な男は横に跳んで斬撃《ざんげき》を避《よ》け、侍の懐に一気に飛び込んでいった。どす、と音がし、うっ、とうめいて長身の侍が腰を折った。腹を拳《こぶし》で打たれたのだろう。

その苦しげな顔に向かって、小柄な男が容赦なく手のひらを見舞う。

がっ、という顎が外れたような音とともに長身の侍が地面にくずおれた。気絶したようで、身じろぎ一つしない。

おのれっ、と怒声を発して小太りの侍が刀を振りかざして突進する。小柄な男はこの斬撃も足の運びだけで避け、すっと小太りの侍の横に出た。手刀を太い首に浴びせる。

あっ、と呆《ほう》けたような声を上げ、小太りの侍が横転した。目と口を開けてはいるものの、すでに気を失っている様子だ。

くそう、とやや歳のいった侍が悔しげに唇を嚙み締め、土埃を立てて突っ込んでいく。小柄な男を間合に入れるや、胴に刀を振っていった。

ひらりと上に跳躍し、小柄な男はその刀を避けた。斬撃は小柄な男の足の下を通り過ぎていった。

足を突き出し、小柄な男は歳のいった侍の顔に蹴《け》りを入れた。

額を痛烈に蹴られ、顔と背中を反らした歳のいった侍は背中から地面に倒れ込みそうになった。それを、命を下した若い侍があわてて支えた。だが、歳のいった侍の重みに耐えきれず、後ろによろけた。

そのときにはすでに、がっしりとした体格の男が小柄な男の横に回り込んでいた。

小柄な男を間合にとらえるや、袈裟《けさ》斬《ぎ》りに刀を落としていった。

体格を利した豪快な太刀筋で、野次馬たちからは、わあ、と声が上がったが、徳太郎にはその斬撃は鋭いものに感じられなかった。

それは小柄な男にとっても同様だったようで、斬撃はあっさりと空を切った。あっ、と声を上げたがっしりとした体格の侍が刀をすぐさま引こうとする。

それにつけ込むように小柄な男はがっしりとした体格の侍に体を寄せるや、襟元を両手でつかんで投げを打った。がっしりとした体格の侍の腰がふわりと宙に浮く。次の瞬間、箪笥《たんす》が倒れるような強烈な音が徳太郎の耳を打った。がっしりとした体格の侍は地面に叩《たた》きつけられていた。これも気を失ったようだ。

すかさずほっそりとした侍が、すす、と足を運び、無言で小柄な男の背中に近づこうとする。小柄な男が振り向き、ほっそりとした侍を一瞥《いちべつ》する。それだけで、ほっそりとした侍は動けなくなった。

「どうした、岩倉《いわくら》っ」

背後に控える若い侍が叱咤《しった》の声を岩倉という侍に投げつけた。岩倉と呼ばれた侍が顔を伏せるや、突進をはじめた。小柄な男に、えいっ、と突きを繰り出した。

いきなりの大技だったが、鋭さはまったくない。小柄な男は体を開いて突きをかわし、ほっそりとした侍に素早く近寄った。体をくるりと回転させて侍の頭に肘《ひじ》をぶつけていく。

びしっ、という音が立った。こめかみを肘で強烈に打たれ、ほっそりとした侍は立ったまま気絶したようだ。がくがくと体を揺らすや、勢いよく前のめりに倒れた。盛大に土埃が上がった。

これで、残ったのは若い侍だけとなった。やはり身なりはよく、相当の身分の者であるのは疑いようがない。

「おまえは豊見山玄蕃のせがれか」

若い侍を見据え、小柄な男がただした。

「きさま、父上をどこにやった」

若い侍が吼《ほ》えるようにきいた。

「きさまの父親は、当然の報いを受けたのだ」

「父上がなにをしたというのだ」

「なにをしたか、おまえは知らんのか。この五人は家臣だろう。この五人が目を覚ましたら、きけばよかろう」

「父上はどこにいる」

「さあてな」

「きさま、言え、言うのだ」

若い侍が怒号したが、小柄な男はまったく動じない。刀袋を拾い上げ、冷ややかな目で若い侍を見ているだけだ。

「知りたいのなら、少しだけ教えてやろう。領内にいるぞ」

「領内のどこだ」

「たった一万五千石の領地だ。大して広くもなかろう。手を尽くして捜せば、必ず見つかるはずだ。もっとも、今頃は猪沢屋和兵衛とともに骸《むくろ》になっているであろうが」

「きさまっ。許さぬ」

激したように絶叫して、若い侍が刀を上段に構える。今にも突っ込むかと見えたが、微動だにしない。その間に小柄な男が刀袋から刀を取り出し、腰に差した。

おそらく、と徳太郎は思った。若い侍には、小柄な男が動かざる山のごとくに見えているのだろう。圧倒されているのだ。

無理もない、と徳太郎は思った。両者の剣の技量には、天と地ほどの差があるのだから。

「死ねっ」

それでも思い切ったか、若い侍が一気に踏み込んでいった。意外に深い踏み込みで、徳太郎は若い侍を見直す思いだった。このような真似《まね》は勇気がないとできないことなのだ。

どんな遣い手でも、斬り合いというのは怖いものである。技量が互角の場合、肝がどれだけ据わっているか、勝負を分けるのはその差でしかない。

若い侍の度胸のよさはほめたたえられるべきものではあるが、この勝負にはまったく関係なかった。いくら若い侍が深く踏み込んで思い切り刀を振り下ろしたところで、小柄な男がひやりとするようなことは一瞬たりともないだろう。

腰を落とすや小柄な男は柄に手を置き、抜き打ちに刀を引き抜いた。

徳太郎の目には、小柄な男の腰のあたりが、閃火《せんか》のごとくきらめいたように見えた。

あっ、と徳太郎が思ったときには、どす、という音がし、若い侍は苦しそうにうめき声を上げて倒れ込んでいた。刀は手から離れ、体は芋虫のように地面を這《は》っている。

腹をやられたようだ。だが、そこから血は流れ出ていない。どうやら小柄な男の刀は刃引きのようだ。

刃引きとはいえ、ここで初めて刀を使ってみせたのは、若い侍に対する礼儀ということか。そうとしか考えられない。

——それにしてもやるな。

徳太郎は感嘆の思いしかない。自分がもし小柄な男とやり合ったらどちらが強いか、というようなことは考えなかった。

徳太郎には負ける気はしない。といっても、必ず勝てるという確信もない。

小柄な男のあまりの強さに静まり返っていた野次馬から、一気に歓声が上がった。

痛みにのたうち回っている若い侍に一瞥を投げ、小柄な男が納刀した。百姓とは思えない鮮やかな手さばきである。くるりと体をひるがえすや、その場を去っていく。

――いったい何者だ。豊見山玄蕃という身分の高い者を今の男はかどわかし、どこかに監禁したようだが、なにゆえそのような真似をしたのか。なにかわけがなければ、そんなことはするまい。

それだけの分別はある男に、徳太郎には見えた。

――どこに行くのか。

関心を抱いた徳太郎は、小柄な男のあとをつけはじめた。男との距離は十間ばかり。これくらい離れていれば、覚られることはないのではないか、と踏んだ。

しかも、小柄な男は日本橋の中心のほうへと向かっており、町人たちの数がかなり増えつつあるのだ。広いとはいえない道がこれだけの混み合い方をしているのなら、こちらの気配は小柄な男に届くことはないだろう。

しかしながら、その目算はあっさりと外れた。一町も行かないところで、足を止めた小柄な男がくるりと振り向き、徳太郎をにらみつけてきたからだ。

——なんだ、気づかれてしまったか。いや、はなから気づかれていたのだろうな。さすがだな。

胸中で小柄な男をたたえた徳太郎は、足早に近づいていった。

「お侍がどこの誰かは知らないが、なぜつけてくるのかな」

二間ほどを隔てて立ち止まった徳太郎に、穏やかな口調で小柄な男がきいてきた。澄んだ目は、決して心がゆがんではいないことをあらわしているようだ。

「おぬしとあの六人の侍が、なにゆえあのような仕儀になったのか、どうしても知りたくてな」

静かな声音で徳太郎はただした。

「お侍には、なんの関《かか》わりもないことだ」

にべもなく口にして、小柄な男がきびすを返そうとする。すぐに気づいたように振り向いた。驚嘆の目で徳太郎をまじまじと見る。

おそらく、と徳太郎は小柄な男を見つめて思った。信じられないほどの努力をしなければ俺の腕までには至らぬことを、この男は遣い手だけによくわかっているのだ。どうやら、俺に憧《あこが》れと敬意を抱いたようだな。勘ちがいではあるまい。

「豊見山玄蕃というのは何者だ」

一歩踏み出して徳太郎はきいた。

だが、小柄な男は答えない。いきなり着物の裾をひるがえし、歩きはじめた。すでに徳太郎のことなど忘れたかのように早足でひたすら歩を進めている。

「おぬし、名は」

なおも徳太郎は小柄な男の背中に言葉をぶつけたが、男は足を止めることなく雑踏の向こうに消えていった。

男を見送った徳太郎は吐息を漏らした。あの男とは、と思った。また会うような気がしてならない。

――うむ、また必ずや会うことになろう。

その思いは、すでに徳太郎の心に深く根づいている。

二

誰かに呼ばれたような気がした。

俺はもっと寝ていたいのだ、と豊見山小四郎《こしろう》は思い、また眠りに落ちようとした。

だが、また別の声が聞こえてきた。その声には切迫したものが感じられた。

はっ、として小四郎は目を開けた。

眼前に、緒方木根蔵《おがたきねぞう》の顔があった。心配そうにのぞき込んでいる。

「若殿――」

呼びかけてきたのは和田里兵衛《わださとべえ》である。ほかにも、三人の家臣が輪になって心配そうな顔を並べていた。

五人の顔を見つめて、なにが自分たちの身に起きたのか、小四郎は思い出した。

「俺は気を失っていたのか」

起き上がろうとしたが、腹に鋭い痛みが走った。うぅ、とうめき声が口から漏れた。

「若殿、大丈夫でございますか」

田県隆八《たがたりゅうはち》が案じる声をかけてきた。

「うむ、もう平気だ」

首を何度か振り、小四郎はしゃんとした。腹はもう痛くない。ふう、と軽く息をつく。

まわりにいた野次馬たちはすでにほとんど散ったようで、そこに立っているのは腰の曲がった年寄りが二人だけだ。

「よし、立つぞ」

「立ち上がれますか」

岩倉仁吾《じんご》が手を差し伸べてきた。

「岩倉、そなたこそ大丈夫か。こめかみを肘で打たれたではないか」

そこだけ赤黒く腫《は》れているようだ。

「大丈夫でございます」

「上屋敷に戻ったら、医者に診てもらったほうがよいぞ。こめかみは急所ゆえ」

「はっ、若殿の仰せの通りにいたします」

ふん、と鼻から太い息を吐いて、小四郎は一人で立ち上がった。もうふらつきはしなかった。

「豪之助はどこに行った」

まわりを見渡して小四郎はきいた。

「わかりませぬ」

高山吾兵衛《たかやまごへえ》が恥ずかしそうに顔をうつむけた。

「今日はやられてしまったが、次は必ずや豪之助を捕らえるぞ」

豊見山家の五人の家臣を励ますように小四郎はいった。いや、とかぶりを振る。

「もはやつを捕らえることはない。次は豪之助を仕留めることにいたそう。今日は捕らえようとして、手加減してしまった。我らはその油断を衝《つ》かれたのだ。よいか、次は手加減などすることはないぞ。わかったな」

「わかりました」

五人の家臣が生き返ったような声を上げた。

「よし、上屋敷に戻ろう」

小四郎を先頭に六人の侍は、大勢の者が行きかう道をたどり、牧野家の上屋敷を目指しはじめた。

——思った通り、豪之助はやはり上屋敷を張っていた。

これはどういうことなのか、と小四郎は思案した。

——豪之助の狙いは、我が殿でまちがいあるまい。国家老の我が父や猪沢屋和兵衛と同様に、かどわかすつもりでおるのではないか。

父の玄蕃と和兵衛の二人はいまだに見つかっていない。殺され、死骸《しがい》はどこか山野に捨てられたのではあるまいか。

だが、それならば、なにゆえ猪沢屋の別邸で二人を殺さずに連れ去るような真似をしたのか。

かどわかしたからには、なにか意図があると見るべきではないのか。

最初は誰もが、豪之助は二人と引き替えに身の代を求めてくるのだと思った。しかし、そんな要求はまったくされないままに時が過ぎていった。

猪沢屋の別邸で豊見山家の家臣を倒し、玄蕃と和兵衛の二人をかどわかした下手人が豪之助だと知れたのは、その容姿からだった。豪之助は、小諸という地ではよく知られた男だったのだ。

牧野家が主催した相撲《すもう》の大会において、三年連続で優勝を果たした男だった。小兵ではあるが、領内では比べる者がいないほどの剛力の持ち主なのである。

それだけでない。未納入の年貢を取り立てに役人たちが豪之助の村を訪れたとき、猛然と歯向かい、十数人の役人を叩きのめしたのである。それでも、結局は捕らえられ、豪之助は牢《ろう》に入れられた。

相撲が大好きな主君の康時の厚意で、豪之助は武家専用の牢に入れられ、入牢している最中も食事や寝具の面でも厚遇された。

――やつはその恩を忘れおったのだ。

歩を運びつつ小四郎は、ぎりと音が立つくらいに奥歯を嚙み締めた。

――なにゆえ豪之助は父上や猪沢屋をかどわかしたのか。

身の代目当てでないのは明白だ。

となると、うらみということだろう。飢饉《ききん》に襲われたにもかかわらず、無理矢理に年貢を取り立てたことを、うらんでいるのか。

だが、いくら飢饉だからといって、領内の百姓が年貢を納めるのは、当たり前のことなのだ。百姓という身分上、しなければならないことでしかない。うらむというのは、筋ちがいのことなのだ。

――いや、そうではない。

心中で小四郎は首を振った。

――やつは、家人や村人が飢饉で全滅したことを憤っておるのだ。聞くところによれば、豪之助が牢に入っているあいだ、村人すべてが飢え死にしたそうではないか。皮肉なことに、豪之助は牢に入っていたから生き残ることができたという。

痛みに耐えるようにゆっくりと歩いて、小四郎たち六人は上屋敷が視野に入るところまで戻ってきた。

――豪之助の狙いはなにか。

小四郎は思案した。

――やはり我が殿だろう。

村人や家人が飢え死にした元凶は、すべて殿にあるとやつは考えているのだ。だから、この上屋敷を見張っていたに相違ない。殿はいま在府中なのだ。

小四郎も豪之助の狙いがそうではないかと踏んで、やつがやってくるのを、国元から先回りして待っていたのである。

それにもかかわらず、と小四郎は思った。俺たちはしくじった。やつを見つけたというのに、逃がしてしまった。

だが、と小四郎は思い直し、胸を張った。

――次はしくじらぬ。とにかく殿を守らなければならない。

小四郎は強い決意を心深く刻みつけた。

――やつはどこで我が殿を狙うつもりでいるのか。やはり行列か。

大名である以上、月に何度かは千代田城に登らなければならない。そこを狙うつもりではないか。

もちろん、上屋敷に乗り込んでくることも考えに入れておかなければならない。

――とにかく殿の守りをしっかりせねばならぬ。しかし、豪之助ほどの男に乗り込まれたとき、本当に牧野家の家中の士だけで守れるものなのか。

無理ではないか。小四郎はそんな気がしてならなかった。

気づくと、木根蔵や里兵衛たちが足を止めていた。

小四郎の目の前に牧野家の上屋敷があった。

「ああ、着いたか」

つぶやくようにいって、小四郎は長屋門の脇についている小窓を見上げた。

「入れてくれ」

いうと、小窓が開いた。

「お戻りですか」

小窓からのぞく門衛の目が笑っているように見えた。馬鹿にされたような気持ちになったが、小四郎は黙ってうなずいた。

三

人の気配がした。

むっ、と修馬は目を開けた。

むろん、眠っていたわけではない。柱に背中を預け、目を閉じて休息を取っていたのだ。どんなことが起きても対応できるように、体は動くようにしてあった。用心棒仕事は昔、部屋住《へやずみ》だった頃、何度かしたことがあり、体が覚えている。

今お摩伊は隣の部屋にいて、祐太郎と一緒に眠っている。お摩伊は軽くいびきをかいているようだ。

——俺も、あのくらいのいびきならよいのだが。

まったく耳障りではない。実際のところ、修馬のいびきは、雷が落ちているも同然の音を響かせているらしい。

つと、廊下をやってくる足音がした。修馬は耳を澄ませた。あれは飯炊きばあさんのおみくだろう。

「失礼しますよ」

おみくの声がして腰高障子が横に滑り、しわだらけの顔がのぞいた。

「山内さま、お客さまにございますよ」

「客だと。俺にか」

刀を手に、修馬は片膝を立てた。

「誰だ」

「それが名乗られないのでございますよ」

少し困惑したようにおみくが答えた。

「町人か」

「さようにございます。こちらにお通しいたしますか」

「いや、俺が行こう」

立ち上がった修馬はお摩伊のいびきの様子をまず聞いた。変わりはない。これなら平気だろう、と判断し、修馬はおみくとともに戸口に向かった。

狭い三和土《たたき》に立っていたのは、驚いたことに時造だった。そのことが信じられず、修馬はしばらくその場に立ち尽くした。

「山内さま、大丈夫でございますか」

横からおみくが案じるようにきく。

「あ、ああ。もちろんだ」

ふう、と盛大に息をつき、修馬は気持ちを落ち着けた。

「お知り合いでございますか」

「ああ、よく知っている男だ」

おみくにきかれ、修馬はすぐさま応じた。それから時造に眼差しを注いだ。

「時造、上がってくれ」

当然のことというべきか、時造から害意は感じられない。昨晩あらわれたのは、やはり時造によく似た男に過ぎないのだ。他人の空似というやつだろう。

「では、お邪魔させていただきます」

うなずいて時造が雪駄を脱いだ。

修馬は、時造をしたがえるようにして短い廊下を歩いた。

「入ってくれ」

修馬は、自分に与えられた部屋の腰高障子を横に滑らせた。隣の間からは、今もお摩伊のいびきが届いてきている。安らかなものにしか聞こえないのは、赤子と一緒に寝ているからではないか。

修馬は、庭に面している障子を背にして座った。手に持っていた刀を右側に置いた。

失礼いたします、といって向かいに時造が端座する。

「時造、元気そうだな」

時造を見つめて修馬は声をかけた。

「はい、おかげさまで」

頬を柔和にゆるめて時造がにこりとする。

「久岡どのは息災か」

わずかに身を乗り出すようにして、修馬は新たな問いを放った。

「はい、それはもう」

にこにこと笑んで時造がうなずいた。

「やはりおぬしは久岡どのの手下であったか」

「さようにございます」

あっさりと時造が認める。

「山内さまがかまをかけられたのはわかりましたが、もはやとぼけるようなことではございませんので」

「うむ、潔いのはよいことだ」

修馬はにこりと笑った。

「久岡どのは、相変わらず熱心に役目に励んでおるのだな」

「はい。辣腕《らつわん》でございますので。引っ張りだこでございます」

「確かに久岡どのの探索の腕は、すばらしいものがあるからな。正直、目をみはらされたことが何度もあった」

勘兵衛は剣の腕もひじょうに立つ。それでも、わずかに徳太郎のほうが上かもしれない。徳太郎のすごさがわかるというものだ。

「失礼いたします」

腰高障子が開き、おみくが入ってきた。茶を持ってきてくれたのだ。二つの湯飲みを置き、ごゆっくりどうぞ、といっておみくはすぐに出ていった。

「飲んでくれ」

時造に勧めてから、修馬は湯飲みを手に取った。じんわりとしたあたたかみが手のひらに伝わる。

時造も湯飲みに手を伸ばし、そっと口をつけた。ひとすすりして唇を湿してから、湯飲みを茶托《ちゃたく》に戻した。

「久岡さまの頭には、山内さまのことがいつもあるようにございます」

「あのでかい頭なら、いくらでも入るだろうからな」

ふふ、と時造が笑いをこぼす。

「山内さま、久岡さまのことが話に出ると、いつもうれしそうでございますね」

修馬をじっと見て時造がいった。

「俺がうれしそうだと。時造、なにゆえそんなふうに思うのだ」

「やはり久岡さまのことが、山内さまは大好きでいらっしゃるのでしょう。その上、久岡さまが常に山内さまのことを考えておられることがおわかりになり、心が弾んでならないからでございましょうな」

「俺が久岡どののことが大好きか。確かにその通りだが、おなごに惚《ほ》れるように惚れているわけではないぞ」

「それはよくわかっております」

「それに俺も、久岡どののことは常に案じておるぞ」

「ほう、さようにございますか。そのことをお聞きになったら、久岡さまはさぞお喜びになりましょう」

ふむ、と修馬は鼻から息を出した。

「時造、それでなに用だ。俺と世間話をしに来たわけではなかろう」

はい、といって時造がまた湯飲みを手に取り、茶をゆっくりとすすった。

「お摩伊さんのことを、お知らせしておこうと思いまして」

湯飲みを手にしたまま時造が告げた。

「なに、お摩伊どののことだと」

どういうことだろう、と修馬は思った。なにゆえ徒目付頭の手下が、お摩伊のことを知らせに来なければならぬのか。お摩伊という女には、なにか裏があるということか。それゆえ、何者かに命を狙われているというのか。

「よし、聞こう」

姿勢を正し、修馬は時造をじっと見た。

「ただし時造、声は低くな」

隣の間で眠っているお摩伊のことを気にして、修馬は念押しした。

「承知しております」

時造が空になった湯飲みを茶托にのせた。

「お摩伊さんは、もともと押し込みをもっぱらにする男の情婦だったのですよ」

「なんだと」

腰が浮きかけたが、修馬はすぐに気づいて座り直した。

──そのようなことは考えたこともなかったぞ。

「押し込みをもっぱらにする男というと、誰かな」

「とかげの伊輪蔵《いわぞう》という男です」

「知らぬな」

「手下とともに、もともと上方を荒らし回っている男ですから、山内さまがご存じないのも当然のことでございましょう」

「その男の情婦が、なにゆえ江戸にいるのだ。上方から逃げてきたのか」

「さようにございます。五年ばかり前、実は大坂東町奉行所の同心がお摩伊さんのことを知り、働きかけたのです。とかげの伊輪蔵のことを証言すれば、これまでのおまえの罪は問わぬ、と。堅気として暮らしを一から立て直したかったらしいお摩伊さんは同意し、町方が用意した隠れ家にかくまわれたのです」

「それで」

唇をなめて修馬は先をうながした。

「お摩伊さんの証言にしたがい、大坂東町奉行所は、とかげの伊輪蔵たちの根城にある晩、襲いかかったのです。しかし、一瞬早く伊輪蔵たちは根城に設けてあった抜け穴から逃げ出したのですよ。伊輪蔵一味がずらかったことを知ったお摩伊さんは、大坂東町奉行所が用意した隠れ家から一人逃げ出し、姿をくらましたのです」

「五年も前のことといったな。しかし、大坂から一人で江戸にやってきた女がここにいると、よくわかったものだな」

「大坂東町奉行所からも江戸へ人が来まして、さんざん調べ回ったらしいんですよ。実際のところ、とかげの伊輪蔵一味も、江戸に来ているらしいという噂《うわさ》もありまして」

「ほう、そうなのか」

興味を惹《ひ》かれ、修馬は時造に目を据えた。

「とかげの伊輪蔵とは、どのような顔をしているのだ」

修馬にきかれて、時造が残念そうにかぶりを振る。

「それが顔はよくわかっていないのですよ。顔を見た者はすべて殺されてしまうようですから」

「だが、お摩伊どのは知っておるのだな」

「それはもうまちがいありません」

ところで、と修馬はいった。

「なにゆえ、伊輪蔵という男には、とかげという異名がついておるのだ」

「とかげのように、どんな狭い隙間からでも中に入っていけるからと聞いております」

「どんなに狭い隙間でもか」

「きっと異形の者なのでしょう」

「異形の者か。忍びみたいな男と考えてよいのか」

「そうかもしれません」

茶を飲み干して、修馬は茶托にそっと湯飲みを戻した。腕組みをする。

「上方から逃げ出した女が、大隅屋郁兵衛という大店《おおだな》のあるじの妾《めかけ》におさまったのか。

しかも赤子までもうけたのだな」

「そういうことになります」

今も、お摩伊の安らかないびきは聞こえてきている。

時造が言葉を続ける。

「お摩伊さんが江戸に向かったらしいことは大坂東町奉行所から江戸町奉行に知らせが入っておりました。それでも、つい最近までお摩伊さんの居場所は、わかっていなかったのですよ」

「ほう、そうだったのか」

江戸という町には、数え切れないほどの人が暮らしている。そこから一人の女を捜すというのは、砂浜から石ころを探し出すも同然だろう。むしろ、よく捜し出せたものだと修馬は感心せざるを得ない。

時造がさらに言葉を継ぐ。

「お摩伊どのの所在が知れ、江戸町奉行からそのことを知らされた久岡さまの命で、ここしばらくあっしはお摩伊さんを見張っておりました」

つまり、と修馬は考えた。お摩伊が何度か目にした怪しい人影というのは、時造のことだったのだろう。

「時造、きくが、昨夜はおぬし、庭に立っていたか」

「はい、おりました。いきなり障子が開き、山内さまがあらわれたので、あっしは肝を潰《つぶ》しましたよ。あわてて逃げ出しました」

「嘘をつけ。おぬしがあの程度のことで肝を潰すか」

「いえ、本当にびっくりいたしました」

とにかく、昨夜の影が時造だったことが知れて、修馬は一安心した。

「――しかし山内さま」

体を少しだけ寄せるようにして、時造が修馬に耳打ちする。

「どうやらこの家を見張っているのは、あっしだけではないようでございます」

なに、と修馬は思った。

「ほかにも誰かいるというのか。もしや、とかげの伊輪蔵一味か」

「かもしれません」

「とかげの伊輪蔵一味が、この家を嗅《か》ぎつけたかもしれぬのか」

「はい、十分に考えられます」

背筋を伸ばし、修馬は時造を見つめた。これは容易ならぬことだ、と思った。だとするならば、勘兵衛の用件は別にあるのではないか、と思い当たった。

「時造、おぬし、ほかにも用事があるな？　お摩伊どののことを知らせに来ただけではあるまい」

「よくおわかりで」

「なにか久岡どのに頼まれて、来たのではないのか」

「お察しの通りでございます」

懐に手を入れ、時造が一通の文を差し出してきた。

「久岡さまからでございます」

受け取り、修馬は文を開いた。すぐさま目を落とす。

文には、お摩伊どのの合力を得て、とかげの伊輪蔵一味を一網打尽にしたい、という意味のことがまず記されていた。

次に書かれていることを見て、修馬は目をむいた。

——わざとお摩伊どのをとかげの伊輪蔵一味にかどわかさせた上で、そのあとをつけていき、とかげの伊輪蔵一味の隠れ家を一気に急襲したい。

勘兵衛にしては、ずいぶんと策が荒いような気がする。

「時造、これは久岡どのの策か」

「いえ、町奉行所の策でございます」

——やはりそうだったか。

「だが、久岡どのは了解したのだな」

「さようにございます」

目に深い色をたたえて時造が顎を引く。

しかし、と修馬はいった。

「お摩伊どのをとかげの伊輪蔵一味にわざとかどわかさせることなど、本当にできるのか。とかげの伊輪蔵は、お摩伊どのを即座に殺すかもしれぬぞ」

「もし殺す気でいるならば、山内さまが用心棒につく前にしてのけていたのではないかと存じます」

なるほど、と修馬は思った。居場所が知られていたのなら、そのくらいの時はあったにちがいない。

修馬が納得したのがわかったようで、すぐに時造が続けた。

「それに、とかげの伊輪蔵はお摩伊さんにぞっこんだったとのことでございます。今でも未練の思いを引きずっているらしいですよ」

「ほう、あきらめの悪い男なのだな」

「さようにございますね」

「そういう男は、往生際も悪いものだ」

「はい、まったくで」

顎を縦に動かして時造が同意する。

「ですから、すぐに殺してしまうようなことはないのではないかと存じます」

「時造、お摩伊どのはこの策のことは知らぬのだな」

低い声で修馬は時造に確かめた。

「はい、存じません。久岡さまから、是非とも山内さまにお摩伊さんを説得してもらうようにいわれております」

なんと、と修馬は驚いた。

「俺が説得するのか」

「お摩伊さんの合力が得られないのであれば、久岡さまは断念するおつもりだとうかがっております」

「そういうことか。ふむ、わかった。ならば、説得してみるとするか」

修馬は立ち上がろうとしたが、ふと隣の間からいびきが聞こえなくなっていることに気づいた。

隣の間との仕切りになっている襖が、からりと音を立てて開いた。お摩伊が祐太郎を抱いて敷居際に立っていた。顔を上げ、修馬をじっと見る。

「山内さま、お話はすべてうかがいました。私でよければ、力をお貸しいたします」

「まことか」

あっけないほどにお摩伊が快諾してくれ、修馬はむしろ戸惑う気持ちのほうが強い。

「もちろんでございます、私はあの男をなんとしても獄門にしたいのです」

大きく首を動かしたお摩伊が、ふと心配そうな目を祐太郎に当てた。

「だが、お摩伊どの、祐太郎のことが案じられるだろう。どうする気だ」

「はい、どうしましょうか」

お摩伊が祐太郎をあやすような仕草を見せた。祐太郎は母の胸の中ですやすやと眠っている。

「赤子まで巻き込むわけにはいかぬからな。時造、なにかうまい手はないか」

「いま手前も考えているのですが……」

「――ああ、そうだ」

なにかを思いついたようにお摩伊が声を上げた。

「祐太郎は、導良先生のところに預けることにいたしましょう」

「近所の医者だな。そんなところに預けて大丈夫か」

「実は導良先生にも赤子が生まれたばかりなのです。先生のところなら体が弱い祐太郎も安心ですし、乳の出のよいお内儀がいらっしゃいますから」

「それはよい考えかもしれぬ」

医者のところで預かってもらえれば、これ以上のことはないかもしれない。

「だがお摩伊どの、本当によいのか。危うい橋を渡ることになるぞ」

念を入れて修馬はお摩伊に確かめた。

「もちろんです」

祐太郎をじっと見てお摩伊が大きくうなずいた。

「あの男を獄門台に送れるなら、私はなんでもします」

「では、もう逃げたりはせぬな」

「はい、逃げません」

お摩伊がきっぱりと答える。

「あの男とは方をつけなければなりません」

――よし、もうやるしかない。

息を深々と吸い込んで、修馬は腹を決めた。もはや後戻りはできない。

第三章

一

不愉快そうにしている。

牧野康時に江戸留守居役として長年仕えている霜田杢右衛門には、そのことがはっきりとわかる。

「殿、いけませぬか」

きくと、康時らしからぬ、ぎろりとした目を杢右衛門に向けてきた。

「ならぬ」

強い口調で康時が答えた。

「余が豪之助とやらに狙《ねら》われているというのは、杢右衛門、そのほうの申す通りであろう。だからといって、朝比奈徳太郎に余の警護を任せるというのは筋ちがいである」

康時がきっぱりといい切った。

「はっ、殿のおっしゃる通りだと、それがしも存じますが……」

「よいか、杢右衛門。我が家《いえ》は一万五千石の小大名といえども、武をもって鳴る家風である。豪之助とやらから余を守ることのできる家臣が、一人もおらぬはずがなかろう。ちがうか、杢右衛門」

「それがしも、そう思いたいのでございますが……」

杢右衛門は唇を噛《か》んだ。気持ちを励まして康時に説く。

「これまで豪之助に打ち倒された者は、すべて国家老の豊見山玄蕃どのの家臣でございます。その中には遣《つか》い手といわれる剛の者が何人か、おりもうした。しかしながら、その者たちでですら、あっさりと豪之助にやられましてございます」

「ふむ、それで」

不機嫌そうに康時が先をうながす。

「豊見山家の家臣より強い者が、我が家中には一人もおりませぬ」

「余の馬廻《うままわ》りや使番はどうだ。いずれも屈強さでは他家に引けを取らぬぞ」

「残念ながら、豪之助に太刀打ちできる者は一人として……」

「なんと――」

天井を仰ぎ、康時が嘆息する。

「武をもって鳴る我が家中に、豪之助とやらに対することのできる者は、一人たりともおらぬと申すか」

「御意」

ふむう、と康時が信じられぬといいたげに不満そうなうなり声を上げた。

ごくりと唾《つば》を飲んで、李右衛門は言葉を続けた。

「朝比奈どのは、我らが懇意にしている糸井田《いといだ》道場の師範、松之介《まつのすけ》どのが、その強さ比類なし、とまで伝えてこられた男でございます。豪之助から殿を守るだけでなく、討ち果たすことも楽にしてのけましょう」

「駄目だ」

目を怒らせて康時が断じた。

「いくら我が家に士がおらぬと申しても、そのような真似《まね》は朝比奈にさせることはできぬ。無礼この上ない。朝比奈を家臣として召し抱えたのなら警護につけるのは当たり前のことでしかないが、そのようなやり方では、やくざ者の用心棒も同様の扱いではないか」

――やくざ者のことまでご存じとは、殿は意外に世情に通じておられるのだな。

こんなときだが、李右衛門は素直に感心した。さすがに名君といわれるだけのことはある。

「殿の警護につくのですから、やくざ者の用心棒と同等ということは決してございませぬ。侍として、むしろ栄誉なのではないか、と勘考いたします」

「いや、いかぬ」

顔を上げ、康時が杢右衛門をじっと見る。

「よいか、杢右衛門、その件はこれまでだ。余の警護は、すべて家中のみで行うようにせよ。よし、これより登城いたすぞ。支度せい」

いい放って康時がすっくと立ち上がった。はっ、と杢右衛門は畳に両手をそろえた。小姓が開けた左側の襖《ふすま》を、康時が素早く通り抜ける。そこまで見届けて、杢右衛門は謁見の間を退出した。

――殿は、ああいうふうにおっしゃったが、万が一ということもある。ゆえに、やはり手は打っておかねばならぬ。

足早に廊下を歩きつつ杢右衛門は考えた。

きしむ音を立てて長屋門が開け放たれる。

それに合わせて、康時の乗った乗物を中心にした行列が上屋敷を出ていく。

式台に座して、杢右衛門は康時の行列を見送った。

――なにごともなければよいが。

杢右衛門としては祈るばかりだ。

豪之助に狙われているかもしれないからといって、千代田城に向かう行列の人数は、別段、増やしているわけではない。中間《ちゅうげん》や乗物陸尺《ろくしゃく》を入れても三十人に満たない。この人数は普段と変わりはない。

それでも、できるだけ剣の腕の優れた者を選抜し、康時の供としてある。仮に襲われたとしても、供の者たちが豪之助を討つか、捕らえてくれればいうことはないが、仮にできずとも、康時が安全な場所に逃れるまでの時を稼いでくれれば、という思いが杢右衛門にはある。

杢右衛門としては、千代田城までついていきたくてならない。しかしながら、そんなことをしても意味はない。

杢右衛門は剣術に関してまったく素質、素養がなく、豪之助が襲いかかってきたとしても、なんの役にも立たないのは明白なのだ。右往左往するばかりで、むしろ足手まといであろう。

今は、と杢右衛門は思った。わしはここでじっとしておるべきだ。

腹を据え、康時の帰りを待つしかなかった。

杢右衛門には後悔がある。

――殿に諮《はか》ることなく、わしの判断で朝比奈徳太郎どのを呼んでおくべきだったのではあるまいか。殿の目につかぬところで警護してもらえば、よかったのだ。

だが、いくら悔やんだところで、もはや遅い。今から徳太郎を呼んでも意味はないのだ。

杢右衛門のできることは、豪之助が康時の行列を襲わぬことを願うのみだった。

いつもよりずっと時がたつのが遅かった。

じりじりするような思いを、杢右衛門はずっと味わい続けた。

今日は昼のあいだに出かける約束もなく、ずっと書類仕事にいそしんでいたが、恐ろしいほど時がたたなかった。

時の鐘を聞き逃したのではないか、と何度も思ったほどだ。時の鐘の間隔が、今日に限っては長くなっているのではないか、とも考えた。

だから夕刻近くになって、殿のお帰りでござる、という先触れの声が耳に届いたとき、杢右衛門は天にも昇らんばかりの気持ちになったのだ。

すぐさま文机《ふづくえ》の前から立ち上がろうとしたが、腰が抜けてしまったように、へなへなと座り込んだ。康時の無事を知り、それだけ安堵《あんど》の思いが強かったということだ。康時のことしか案じていない自分を、杢右衛門は思い知ったのである。

足と腰がしびれたようになっていたが、杢右衛門はなんとか力を込めて立ち上がり、玄関へ急いで向かった。

式台に座したとき、ちょうど康時の乗物が長屋門をくぐり、玄関に向かってくるところだった。

広いほうの玄関に乗物がつけられ、引き戸が開けられた。杢右衛門と目が合い、康時がにこりとする。

ああ、本当にご無事だった、と康時の顔を見て杢右衛門は胸をなで下ろした。

――今日という日は、なんとか乗り切ったようだ。しかし、豪之助を捕縛するか、息の根を止めるまでは胃の腑《ふ》がきりきりと締めつけられるような日が続くのだな。とにかく耐えねばならぬ。耐え続けることしか、我らにできることはない。

そんなことを考えたら、杢右衛門はため息が出そうになった。

――いつになれば、豪之助という災厄を排することができるものなのか。長い時がかかりそうな気がしてならない。

――それでも今日は、切り抜けたといってよいのだろう。

その思いは他の家臣たちも同じようで、どこか弛緩《しかん》した空気が屋敷内に漂っている。

康時が乗物を降りた。少し疲れているように見えた。

開け放たれていた門が、門衛たちの手で音を立てて閉じられていく。

――よし、それでよい。

満足の思いで杢右衛門は、その様子を見守っていた。

ところが、次の瞬間には目をみはることになった。

閉めきられる寸前の門を押しのけて、屋敷内に入ってきた人影があったのだ。

人影の右手には刀が握られており、刀身がぎらりと光って杢右衛門の目を撃った。

――豪之助か、しまった。

驚いた二人の門衛が、躍り込んできた人影をあわてて制止しようとした。だが、刀で続けざまに肩や腹を打たれ、二人とも地面に昏倒《こんとう》した。

――豪之助めっ、我らの気持ちがゆるむ、この時を狙っておったのか。

猛烈な怒りがわき上がったが、今は康時のことを第一に考えなければならない。

「殿を奥へお連れせよ」

振り返り、杢右衛門は叫んだ。康時は式台に上がったところだったが、足を止めて、仰天したように豪之助を見ている。

客人と杢右衛門たちとのあいだの取り次ぎ役をつとめる岩縞《いわじま》という家臣が、杢右衛門の声に我に返ったらしく、手を引くようにして康時を廊下に引っ張り上げた。二人の小姓がすぐさま康時のそばにつき、廊下を滑るように走り出した。

それでよい、と一安心した杢右衛門は豪之助に顔を向けた。

康時の行列に供としてついていた十人以上の家臣が抜刀し、豪之助に向かっていく。

——これだけの人数がいれば、いくら豪之助といえども、討ち取ることができるのではないか。

拳《こぶし》をかたく握り締めて杢右衛門は思った。

しかし、その思いは楽観という言葉がぴったり当てはまるものに過ぎなかった。

最初は、がつっ、どすっ、びしっ、という音や、ぎゃあ、ぐあっ、ぐえっ、という悲鳴のような声が聞こえてくるだけだったが、すぐに次々と地面に倒れ伏していく家臣たちの姿が杢右衛門の目に映り込むようになった。

やがて、悪鬼のように刀を振るう豪之助の姿も見えるようになった。

勇を鼓して家臣たちは豪之助に斬《き》りかかっていくのだが、その斬撃《ざんげき》はいずれも空を切るばかりだ。

間断なく振り下ろされる刀を豪之助はほとんどかわしているようには見えないのに、なぜ斬撃が豪之助の体を斬り裂かぬのか、杢右衛門には不思議でならなかった。

いや、不思議でもなんでもない。

——やつはすべての斬撃を完全に見切っているのだろう。だから、ほんのわずかに体を動かしただけで避《よ》けることができるのだ。

次から次へと繰り出される攻撃を、最低限の動きでかわしていくから、豪之助はすぐさま攻撃に移れるのである。

——わかっていたことだが、家中の者どもとは腕がちがいすぎる。

ほとんど剣の素人といってよい杢右衛門から見ても、豪之助の刀さばき、足さばきは、名人の舞いのような鮮やかさに思えた。実際に、剣術と舞いのあいだには浅からぬ因縁があると耳にしたことがある。

——あの動きを見ていると、まさにその通りとしかいいようがない。あのような者が家中におらず、領内の百姓にいたとは皮肉なものよ。

感嘆に近い思いを抱き、杢右衛門は我知らず豪之助に見とれた。

ふと気づくと、刀を手に戦っている家臣の数は三人まで減っていた。あとの八、九人の者たちは地べたに横たわって、あえぎ、うめき、痙攣《けいれん》していた。

残った三人は豪之助に圧《お》されるまま後ろに下がり、杢右衛門からほんの一間（約一・八メートル）ばかりのところで、こちらに背中を見せて刀を構えている。三人とも、暑さにやられた犬のように、はあはあ、と息を荒くし、両肩を激しく上下させている。

目の前の三人は、追い詰められた鼠《ねずみ》としかいいようがない。相手が猫であるなら噛みつくこともできるかもしれないが、豪之助はそうではない。戦国の昔、加藤清正《かとうきよまさ》が退治したといわれる虎という生き物としか思えない。

鼠が虎に勝つにはちょこまかと動き回って相手を翻弄するしかないだろうが、動きの速さでも豪之助のほうがはるかに上回っている。

無造作に足を運び、豪之助が三人の家臣に迫ってきた。大きな壁が迫ってくるような威圧感を杢右衛門は覚えた。

幅広のたくましい背中の侍がそれに耐えきれなくなったか、吼《ほ》えるような気合を発し、豪之助に向かって突っ込んでいった。

刀を袈裟懸《けさが》けに振り下ろしていくが、杢右衛門の目にもその斬撃はあまりに大振りに過ぎるように見えた。刀がむなしく大気を真っ二つにしたときには、豪之助は侍の横にすっと出ていた。

胴に振られた豪之助の刀は、侍の脇腹《わきばら》に食い込んでいた。うぐっ、と苦しそうな声を出し、侍が横転する。

横倒しになった侍の肉に食い込みすぎたのか、豪之助が刀を手元に戻すのに、少し時がかかった。

残った二人のうち、なで肩の侍がその隙《すき》を逃さじとばかりに刀を振り上げ、えいっ、と豪之助に斬りかかった。

刀をあっさりと引いて、豪之助が瞬時に侍との間合を詰める。脇腹の肉に刀が食い込んだように見えたのは、ただ豪之助の誘いだったことを杢右衛門は知った。

罠《わな》にかかったなで肩の侍は、豪之助の刀を左肩でまともに受ける羽目になった。骨の折れる音が響き、顔を苦痛にゆがめて、なで肩の侍は敷石に片膝《かたひざ》をついた。必死の形相でなんとか立ち上がろうとするものの、刀が手のうちからこぼれ、それを目の当たりにしたことで力尽きたか、どうと横倒しになった。左肩を押さえて、苦悶《くもん》している。

杢右衛門から見える侍の横顔は、血の気がまったくなく真っ青になっている。人というのは、痛みがあまりにひどいと顔色をなくすと、杢右衛門は前に聞いたことがあった。

最後に一人残ったのは、小柄な侍である。背丈は、豪之助とほとんど変わらないだろう。悪寒を覚えているかのように、体が小刻みに震えている。

もうやめておけ、と杢右衛門は声をかけたかった。豪之助に斬りかかったところで結果は見えている。

康時も、どこか屋敷の奥に身を隠したのではあるまいか。石高は大したものではないが、この屋敷は広い。敷地だけで四千坪もあるのだ。母屋の建物も宏壮といってよい。あるいは、康時はすでに裏門から屋敷外に逃げ出したかもしれない。

供侍たちは、時を稼ぐという役目を十分に果たした。これ以上、無駄な戦いをする必要はないのではないか。

だが相役や仲間たちが地面や敷石の上で苦しみもだえている様子を目の当たりにして覚悟を決めたのか、小柄な侍は刀を振りかざし、足を踏み出していった。

だがその踏み込みは、杢右衛門から見てもあまりに浅く感じられた。

同時に、豪之助も前に出てきていた。こちらの踏み込みはひじょうに深く、その上に動きが恐ろしく速かった。

小柄な侍の刀は、数瞬前に豪之助がいた場所の風を斬り裂いていた。懐に飛び込んでいた豪之助の刀は、小柄な侍の腹をあっさりととらえていた。

ぐえっ、と声を発し、小柄な侍が腰を折り曲げて地面に倒れ込む。海老《えび》のように体を折って、七転八倒しはじめた。息ができなくなっているらしく、右手を伸ばし、口を大きく開けてひたすらあえいでいる。

つと、刀を小脇に抱え込み、かがみ込んだ豪之助が、小柄な侍の首筋を手刀で打ち据えた。それだけであっけなく小柄な侍は気を失い、すべての動きを止めた。

「楽にしてやったのか」

豪之助をにらみつけて杢右衛門はきいた。それには答えず、豪之助が見つめ返してきた。

「おまえ、なかなか身分が高そうだな。この屋敷の留守居役というところか」

「豪之助――」

康時のために、少しでも時を稼ごうとして杢右衛門は目の前の男を呼んだ。

「つたない剣ではあるが、わしも侍の端くれだ。歯向かわせてもらうぞ」

腰を落とし、杢右衛門は刀を抜いてみせた。いつ以来かわからないほど、久しぶりに抜刀した。刀はひどく重く感じられた。闇色《やみいろ》にあたりが染められそうになっているが、杢右衛門はさっと刀身に目を走らせた。刀身に錆などは浮いていないようだ。そのことには安堵を覚えた。

意外に冴《さ》え冴《ざ》えと澄んだ目をした豪之助が杢右衛門をじっと見る。

「本当につたないな」

つぶやくようにいって、豪之助が足を踏み出してきた。杢右衛門を見据えている目が、青く燃えているように思えた。

「おまえ程度の腕では、三河守のために時を稼ぐことなど夢でしかない」

豪之助には、杢右衛門の意図がわかっていたのだ。

間合が詰まったと思いきや、刀が下から振り上げられていた。どこから振られたのか、杢右衛門にはまったくわからなかった。刀が杢右衛門の視野に入り込んだときには、すでに脇腹に迫っていた。

どうにもかわしようがなく、杢右衛門は、あっ、とだけ声を上げていた。次の瞬間、右の脇腹に、全身が浮き上がるような強烈な衝撃を受けた。

ただ、痛みは感じなかった。だが刀が引かれた瞬間、体から力が抜け、すとん、と腰が敷石の上に落ちた。

杢右衛門の横を、なにもなかったかのような顔で豪之助が通り過ぎていく。

「ま、待て」

声を上げ、右の手のうちにある刀を振り上げようとしたが、そのとき体の奥底から強烈な痛みが湧《わ》き上がってきた。耐えきれず杢右衛門は、ぐむう、と声を漏らした。あまりに息が苦しく、刀を放《ほう》り投げて敷石の上に横たわるしかなかった。おそらくあばら骨の何本かは折れたのだろう。

気を失いたくなるほどの痛みと闘いつつ、首を玄関のほうにねじ曲げ、杢右衛門は豪之助を見た。

裸足《はだし》で式台から廊下に上がっていく豪之助の後ろ姿が見え、それが右側に折れた。その姿は一瞬で消えた。

――殿はお身を隠されただろうか。

杢右衛門はそう信じたかった。

――屋敷内に、戦える者はあと何人残っているだろうか。殿を連れていった岩縞は剣の遣い手だっただろうか。

全身にまで及びはじめた猛烈な痛みの中、杢右衛門はそんなことを考えた。しかしながら、岩縞について遣い手であるという評判は、一度も聞いたことがない。つまり、岩縞の剣には期待できないということだろう。

康時のそばに仕える小姓たちは、そこそこ腕のよい者がそろっている。だが、腕前より、むしろ気働きが利くことのほうに重きが置かれている。剣術の腕で豪之助に敵する者は一人もいないだろう。

　では、康時自身はどうか。剣の手ほどきは、むろん剣術指南役から受けている。

　しかし残念ながら、大した腕ではない。杢右衛門とさして変わらぬ腕前でしかない。

　できれば康時には、無理にあらがってほしくない、というのが杢右衛門の本音だ。

　豪之助にとって康時を倒すことなど、赤子の手をひねるも同然のことだろう。国家老の豊見山玄蕃や猪沢屋和兵衛のようにかどわかすのが豪之助の狙いなら、おとなしくしていたほうがいい。下手にあらがい、豪之助の怒りを買って殺されてしまうようなことは、なんとしても避けてほしい。

　――もしお身に万が一のことがあったら、我らはいったいどうすればよいのか。

　牧野家の上屋敷には、他の大名家と同様に剣術道場は設けられている。だが、剣術指南役は置いていない。

　前はいたのだが、今は必要なときだけ呼ぶようにしている。家臣たちも、皆で集まって剣術道場で稽古をするか、それぞれ自分の選んだ剣術道場に通っている者が少なくない。

　――やはり朝比奈徳太郎どのに、警護を頼むべきであった。そうしておけば、こんなざまにならなかったものを。

ふと屋敷内から大きな物が倒れるような激しい音がいくつも聞こえてきた。

――殿……。

思い切り声を上げたかったが、脇腹のあまりの痛みに、李右衛門は口を開けることすらできなかった。

はあはあ、と荒い息だけを繰り返した。

どこからか数羽の烏《からす》が降りてきて、李右衛門たちの周りをうろつきはじめた。どうやら家臣たちの弱まり具合を計っているようだ。

――この烏どもは、我らがじき骸《むくろ》となるとでも思っているのか。

腹が立ってならない。その怒りのせいなのか、少しは痛みが引いたような気がし、李右衛門は体に力を込めて立ち上がろうとした。だが、すぐに全身を強烈な痛みが襲った。李右衛門は片膝を地面につくのが精一杯だった。

その姿勢のまま、荒い息を吐き続けていると、玄関のほうに人が立ったような気がして李右衛門は顔を向けた。

「あっ」

式台に豪之助が立ち、冷徹な目で見下ろしていた。肩に一人の男を担いでいる。それが誰か、確かめるまでもなかった。

――殿は見つかってしまわれたのか。外にはお逃げにならなかったのだな。体面を気にされたのだろうか。体面などより、お命のほうが大事なのに。

「きさま、殿になにをする気だ」

渾身《こんしん》の力を込めて杢右衛門は叫ぶようにただした。杢右衛門を見つめて、ふん、と豪之助が鼻を鳴らす。

「こやつには――」

肩の上の康時を、豪之助が揺すってみせる。康時は気絶しているようで、ぴくりとも動かない。

「俺の女房や子供、村の者たちが味わったのと同じ苦しみを味わってもらう。ただ、それだけのことだ」

「同じ苦しみだと。なんのことだ」

「少し考えればわかるだろう」

「わしにはわからぬ」

「留守居役だったな。ここで時を稼ごうとしても無駄なことだ」

冷たくいい放った豪之助が康時を担いだまま軽々と式台を降り、玄関を出てきた。杢右衛門の横を足早に行き過ぎる。

「殿っ」

声を振りしぼるように呼んだが、康時はぐったりしたままだ。

地面に転がった刀を探って、手に握った。すぐさま刀を振り上げようとしたが、杢右衛門には右手が途轍《とてつ》もなく重く感じられた。まるで岩でものせられているかのようで、まったく持ち上がらなかった。

——なんてことだ。

「ま、待て」

だが、杢右衛門の制止の声は届かず、豪之助の足は止まらない。

「豪之助、どこへ行く気だ」

豪之助はそれにも答えず、首を少し動かして杢右衛門に感情を感じさせない一瞥《いちべつ》を投げてきただけだ。

——なんとしても、殿を連れ去られるのは阻止しなければならぬ。

全身に走る痛みをこらえ、杢右衛門は立ち上がろうとした。だが、逆に体がよろけ、またも地面に転がった。

その弾みで、刀が手から離れていった。杢右衛門は両手で地面をかき、なおも立とうと試みたが、体の自由がまったく利かない。

横たわっている家臣たちも、康時とともに外に出ようとしている豪之助を食い止めんと試みたようだが、立つことができた者すら一人としていなかった。

康時を肩に担いで悠々と門から立ち去る豪之助を、誰もが身もだえし、歯噛みして見送るしかなかった。

かすかに開いていた門を豪之助がしっかりと閉めたらしく、表側の道とわずかにつながっていた隙間が消えてなくなった。

ほとんど夜のとばりが降り、外の景色は暗くて見えなかったが、たったそれだけのことで、李右衛門は外界と途絶したような気分を味わった。

牧野家の上屋敷におけるこの騒ぎを聞きつけ、駆けつけてくれた者は、侍、町人を問わず、一人もいなかった。

――なんたることだ。上屋敷から大名が連れ去られる。こんなことは前代未聞ではあるまいか。もし公儀に知られるようなことになれば、我が家は取り潰《つぶ》しの憂き目に遭うのではあるまいか。

なんとしても、と李右衛門は思った。ことを公にせず、殿を無事に取り返さなければならぬ。そのためには、殿には石にかじりついてでも生きていてもらわなければならぬ。

豪之助がいった、同じ苦しみを味わわせるというのはどういうことか。

豪之助の家人や村の者は飢饉《ききん》のせいで全滅した。一昨年から去年にかけて、領内は二年続きの不作だった。

ただ、牧野家の台所事情は苦しく、領内の百姓から年貢の軽減を願い出る声はあったものの、それは無視するしかなく、例年通りに年貢を取り立てた。

そのせいでもあるまいが、と杢右衛門は思った。領内には餓死者が続出し、逃散者も相次いだ。

もし康時を、餓死した者と同じ目に遭わせるという言葉が本気だとしたら、どこかに閉じ込め、食物も与えないということか。

そうにちがいない、と杢右衛門は確信を抱いた。

——なんと恐ろしいことを考えつくものか。やつは、殿を本気で殺そうとしているのだ。つまり、豊見山玄蕃や猪沢屋和兵衛の二人は、そういう目に遭わされたということだろう。とうに餓死しているにちがいない。

豪之助という男のうらみの深さを、杢右衛門は感じ取った。

——しかし、どうすればよい。

今の杢右衛門に豪之助を止めるすべはない。

——殿、必ず救い出しますゆえ、どうか、それまではご無事でお過ごしくだされ……。

今の杢右衛門にできることは、またも祈ることしかなかった。

闇が深い。

まるで漆のようにまとわりついてくる。江戸の闇がここまで濃厚だとは、豪之助は知らなかった。

夜がとっぷりと覆い尽くしている中を、豪之助は康時を担いで歩き進んだ。

提灯《ちょうちん》を持たずに夜の江戸の町を歩くのは法度らしいが、酔い潰れた者を担いで送り届けるような振りをしている限り、咎《とが》める声を発する者は一人としていない。

頼りない月が空に浮かんでいるが、夜が深まるにつれて、明るさを増してきている。今や提灯など必要がないほど、道を照らしてくれている。

そのために、提灯を持たずに道を行く江戸の者は少なくない。この程度のことは、法度破りになどなりはしないことを、この町に住む者はよく知っているのだろう。

まだ康時は気絶したままだ。千代田城からの下城直後だった康時はきらびやかであでやかな着物を身につけていたが、豪之助は牧野家の上屋敷を出たあとに脱がし、道端に捨ててきた。大名家の当主を豪之助が担いでいるなど、行きかう者は誰一人、思わないだろう。

後ろは何度か気にした。だが、つけている者など一人もいない。

この前は、とんでもない遣い手が尾行してきた。

あの男は浪人のように見えたが、何者なのか。自分より腕は上なのではないか。江戸の住人か。江戸には恐ろしいほどの腕を持つ剣客がごろごろしていると聞いたことがあるが、その言葉は誇張でもなんでもないのかもしれない。

ためらうことなく道を歩き進んでいくと、どんどん人家は減っていった。やがて、明るい月明かりの下で眺め回してみても、一軒たりとも目につかなくなった。

町なかに比べ、肥のにおいがかなり濃くなっている。このにおいは、豪之助には懐かしいものといってよい。

雑木林を抜け、こんもりとした丘の前で足を止めた。康時を担ぎ直して、豪之助は目の前の家を見上げた。

明かりはむろんついておらず、家は真っ暗だ。竹垣がぐるりを巡っている。

枝折戸《しおりど》の前に立って心を集中し、豪之助は家の中の気配を嗅《か》いだ。

誰もひそんでいないと、掌中にしたようにはっきりと覚る。枝折戸を開けて庭に入り、豪之助は戸口にそっと立った。

板戸を開け、中に入る。裸足のまま土間から板間に上がった。

家の中には闇が満ちているが、豪之助に明かりをつける気はない。

肩から康時を下ろし、板戸に寝かせた。かたわらに置いてあった縄で、手足をぐるぐる巻きにした。叫ぶことができないように、猿ぐつわもがっちりとかませた。それでも、康時は目を覚まさない。

豪之助は、康時には食べ物はおろか、水すらも与えるつもりはない。この男だけは決して許さない。

この康時という男には、公儀の要職につきたいという野望があるのだ。狙っているのは、奏者番だと聞く。

公儀の要職に成り上がるのには、多額の金がかかる。名君などと家臣たちからあおられて、本人がその気になり、飢饉に苦しむ領内の百姓から年貢を巻き上げたのだ。

名君ならば、年貢の軽減を図るべきだった。だが、この男はそんな真似はしなかった。猟官を狙ってこれまでかけてきた金が、あいだを開けることで無駄になることを恐れ、年貢を取り続けたのだ。

そのやり方は、まさしく収奪というにふさわしかった。

——この男が名君などであるはずがない。

豪之助は刀に触れた。

——ここでひと思いに突き殺したほうがよいのではないか。

豪之助はそんな誘惑に駆られ、刀の鯉口《こいぐち》を切った。

ふう、と息を吐き、やめておこう、と考え直す。

——こやつをそんな楽な殺し方をして、おゆみたちが喜ぶはずがないではないか。

腰から刀を抜き、豪之助はその場に座り込んだ。掃除をろくにしていないので、板の間はざらざらしている。

この感触は、故郷の家を出てきた時を思い起こさせた。

この家は江戸に来た直後、借りたものだ。豊見山玄蕃や猪沢屋和兵衛から奪った金が役に立った。周旋した口入屋に相場の三倍近い金を弾んだら、こちらの身元は大して穿鑿《せんさく》されなかった。

「金さえあれば、なんでもできるということだ。食べ物も、金さえあれば購《あがな》える。金さえあれば、誰一人として飢えるようなことにはならなかった。もし金さえあったら……」

涙が出そうになったが、豪之助はこらえた。

こんなところで泣く気はない。あの世に行き、おゆみたちと再会したら、大泣きするつもりでいる。

ふと身じろぎし、康時が目を覚ました。

横になったまま部屋の中を見回している。闇の中、豪之助と目が合った。猿ぐつわをされた口でなにか叫んだ。おそらく、そこにいるのは誰だ、といいたかったのではないか。

こんなときでも恐れている様子はない。剛毅《ごうき》な気性であるのはまちがいないようだ。

豪之助が答えずにいると、康時がなおも猿ぐつわをされたまま、いい募りはじめた。

猿ぐつわを外せ、きさまは豪之助という者か、なにゆえ余をこんなところに連れてきた、なにをする気だ、というようなことをいっているのだろう。

豪之助には、なにも答える気はない。

なにも知らせず、康時にはひたすら恐怖を与えるつもりでいる。

——どんな思いでおゆみたちや領内の百姓が死んでいったか、思い知らせなければならん。

脇に置いた刀を取り上げ、豪之助は刀の手入れをはじめた。

一介の百姓に過ぎないが、幼い頃から剣術が大好きで、この刀は長じてから一人で行う稽古に使っていた。帯刀が許されていないだけで、百姓が刀を持つことは禁じられていない。だからといって、刀架にかけるようなことはせず、おゆみと一緒になったときに天井裏にしまい込んだのだ。

この刀は、戦国の昔から豪之助の家に伝わっている。豪之助の先祖は武士だったという。この刀がいつ刃引きにされたのかはわからないが、先祖は切れ味抜群だったはずのこの刀で戦場を疾駆したにちがいあるまい。

きっと、と豪之助は思った。その血を俺は受け継いでいるのだ。だから、剣術が幼い頃から得意だったのである。

それでも、豪之助は百姓である自分に誇りを持っている。

――俺は百姓のまま死んでいく。

それでいい。いや、それこそ最も望ましいことなのだ。

二

体がぴくりとした。

これは、と目を開けて修馬は思った。肌がなにか異変を感じたのではないか。

部屋の中は、墨を溶き流したような闇に包まれている。明かりは一切つけていない。背中を柱から引きはがし、修馬は抱いていた刀を手に持った。膝を立てて静かに立ち上がり、刀を腰に差す。

――ついにやつらがやってきたのではないか。そうに決まっておる。

お摩伊の家にやってきたのは、むろん、とかげの伊輪蔵一味であろう。

――よし、はじまるぞ。うまいこと芝居をしなければならぬ。

腹に力を込め、修馬は自らに命じた。

――なにしろ芝居とばれたら、すべてがおじゃんになってしまうゆえ。

ふっ、と修馬は小さく息を入れた。さすがに緊張しているのが自分でもわかる。

とかげの伊輪蔵一味は、何人でやってきたのか。

多すぎるのは勘弁してもらいたいものだな、と修馬は思った。商家への押し込みをもっぱらにする連中で、おそらく大した腕を持つ者はいないだろうが、多勢に襲われては、やはり分が悪い。

下手すれば、切り抜けられず、膾《なます》にされることも十分に考えられる。

――膾などとんでもないからな。ここに徳太郎がいてくれれば、どんなに心強いことか。だが、望んだところで徳太郎はおらぬのだ。おのれの力で、なんとかするしかない。

闇の中、修馬はすらりと刀を抜いた。ぎらり、と刀身がわずかな光を帯びたような気がした。

まるで刀が、俺に任せておけ、といっているように修馬には見えた。

——うむ、刀にすべてを託すとするか。それがよかろう。戦いの場に立てば、きっと刀は自然に動くのではないか。刀が動きたいようにすれば、きっと大丈夫だ。俺だってそこそこ遣えるし、修羅場を何度もくぐってきたではないか。

相手は、たかだか押し込みどもでしかない。

——山内修馬、自信を持て。

修馬は、自らに強くいい聞かせた。

——とにかくおのれを信じることだ。それが最も大事なことではないか。

闇の中、一人深くうなずいて修馬は刀を鞘《さや》にしまった。

隣の間に、お摩伊は一人でいる。小さないびきは聞こえてこない。お摩伊は眠っていないということか。

「お摩伊どの——」

敷居際にかがみ込み、襖越しに修馬は低い声をかけた。

「はい」

間を置くことなく、蚊の吐息のようなか細い声が返ってきた。とかげの伊輪蔵一味が今宵来るという予感があったのか、お摩伊は本当に眠っていなかったようだ。

「やつらが来たようだ。心づもりをお願いしたい」

お摩伊が、ごくりと唾を飲んだらしい気配が伝わってきた。

「わかりました。やつらは、もうすぐそばにいるのでしょうか」

「今は庭にひそみ、こちらの気配をうかがっているようだ。じきに雨戸を外しにかかるのではないかな」

できるだけ平静な声で修馬は告げた。頼り甲斐《がい》のない男だとは思われたくないという見栄《みえ》がある。太兵衛の女将である雪江に、もてるといわれたばかりではないか。もてる男というのは、常に冷静なのではあるまいか。

「わかりました」

お摩伊の声は冷静で、穏やかそのものだ。

やはり腹が据わっているのだな、と修馬は感心した。大したものだ。

とかげの伊輪蔵の情婦になるには、そのくらい度胸がある女でなければならなかったのだろう。

「お摩伊どの、今はやつらに気づかぬふりをして、布団に横になっていてくれるか」

「承知いたしました」

衣擦《きぬず》れの音がし、お摩伊が静かに横たわったのが知れた。

――これでよい。

壁際に戻った修馬は、座り込んで再び柱に背中を預けた。

さすがに胸がどきどきしてきている。

――俺は怖がっているのか。

刀の鞘をぎゅっと握り締めて、修馬は自問してみた。

――真剣でやり合うことになるのだ。怖いに決まっている。

その上、とかげの伊輪蔵一味を殺すわけにはいかないのだ。そうである以上、どうしても及び腰になってしまわぬか、という危惧《きぐ》が修馬にはある。

腰が引けては相手につけ込まれ、こちらが危うくなろう。徳太郎ほどの腕があれば、相手の攻撃の見極めが利き、進退は自由自在だろうが、自分の腕でどの程度まで芝居ができるものか。

つい本気になって、相手を殺してしまうのも怖い。もし本気になってしまったら、そのときは戦うのはやめ、やつらに背中を見せて逃げることだ。

――臆病《おくびょう》な用心棒と思わせておくほうがよいのだ。そのほうが、とかげの伊輪蔵一味の隠れ家を襲ったとき、いい目が出るのではないか。

修馬はそんな気がした。

――とにかく、ここまできた以上、やるしかないのだ。いつまでもぐずぐず考えていてもはじまらぬ。とかげの伊輪蔵一味めっ、早く来い。

そのほうが修馬にはありがたい。はじまってしまえば、なにも考えずに済むからだ。

その願いが聞き届けられたわけでもあるまいが、かたり、というかすかな音が修馬の耳に響いてきた。

――来たか。

今の音はお摩伊にも伝わっただろう。伊輪蔵一味が雨戸を外したのだ。お摩伊は布団の中で、体を硬くしているのではあるまいか。

今はじっと耐えてくれ、と修馬は願った。

物音はそれきり途絶え、その後はなにも聞こえなくなった。

とかげの伊輪蔵という異名を持っているが、と修馬は考えた。雨戸を外したということは、この家に入り込めるような隙間はまったくなかったのだろう。

それとも、伊輪蔵は来ていないということに過ぎないのか。

――隙間を家のどこかに設けておけば、とかげの異名にふさわしい技を見ることができたかもしれぬ。

いや、と修馬は胸中でかぶりを振った。

――今は、そのようなつまらぬことを考えるな。目の前のことに集中しろ。

自らを戒めたが、つまらないことを考えられるということは、だいぶ気持ちが落ち着いてきていることを意味するのだろう。

またかすかな物音がした。何人かの気配が家の中に上がり込んだのを、修馬は察した。

――頃やよし。

真顔になった修馬は刀を手に持って立ち上がり、腰高障子を開けて廊下に出た。

真っ暗な廊下に四人の男が立ち、お摩伊の部屋をうかがうような姿勢を取っていた。いずれも黒装束に身を包み、深くほっかむりをしている。

四人の目だけが闇の中、ぎらついていた。修馬と四人の賊とのあいだには、三間ばかりの距離がある。

修馬を目の当たりにしたものの、四人とも動揺の色はいっさい見せない。浪人がお摩伊の警護についていることは、事前の調べで知っていたのだろうし、自分たちの腕に、たかが浪人ごときの用心棒など屁《へ》でもないという自信を持っているのかもしれない。

邪魔をするのなら、叩《たた》き殺せばよいと考えているのだろう。

――まあ、それくらいの自信がなければ、押し込みなどに成り下がらぬか。

賊どもを見ても、意外に気は静まっている。やはりその場に臨み、腹が据わったということだろう。忍び込んできた賊が四人に過ぎなかったことも、修馬に安堵の思いを抱かせているのかもしれない。

「あっ」

四人を見て、修馬はびっくりしたような声を上げた。今のはわざとらしくなかっただろうか、と刀を引き抜きながらすぐさま考える。

――こやつらに芝居であることを覚られなかっただろうか。

それは杞憂《きゆう》に過ぎなかったらしく、四人の賊が匕首《あいくち》を抜き、身構えた。四人のうち一人は長脇差《ながわきざし》を差している。

その男はまだ抜く気はないようだ。三人の賊は、修馬に向かっていつでも突っ込んでこられる体勢を取っている。

「きさまら、なにやつだ」

腰を落とし、刀を正眼に構えつつ修馬は誰何《すいか》した。

――この中に、とかげの伊輪蔵本人はいるのだろうか。

いそうにないな、と修馬はすぐに判断を下した。昔の女をかどわかす程度のことは、手下に任せるのではあるまいか。

うるさい、といわんばかりに、修馬に最も近いところにいたずんぐりとした体つきの男が、匕首を振りかざし、突っ込んできた。

「お摩伊どの、押し込みだ。起きろっ」

目だけをお摩伊の部屋に向け、修馬は怒鳴った。お摩伊があわてて起き上がった気配が伝わる。

その間に、ずんぐりとした男が修馬の眼前に迫っていた。さすがに名のある押し込みの一味というべきなのか、匕首の使い方を心得ているようだ。夜目も利くのが知れた。

斜めに振られた匕首を、間一髪で修馬はかわした。自分が思っていた以上に匕首が伸びてきて、顔をかすめそうになり、背筋がひやりとする。

――こいつは褌《ふんどし》を締め直さぬと、本当にやられかねぬぞ。

大した腕ではない、と修馬を見たか、ずんぐりとした男が顔に向かって、さらに匕首を払ってきた。

修馬は体を反らして避けたが、そのときずんぐりとした男の左肩に、大きな隙ができたのを見た。

右手のみで刀を振れば、男を傷つけることはたやすかったが、あえて見逃した。修馬は男と距離を取り、改めて刀を構えた。

お摩伊の部屋の腰高障子を開け、二人の男が入り込んでいく。

ずんぐりとした男と、背の小さな男が修馬の前に立ちはだかり、瞳《ひとみ》をぎらぎらさせてにらみつけてきている。少しでも修馬が動こうものなら、ためらいなく匕首で突き刺そうとしていた。殺害する気でいるのだ。

それだけの殺気を、目の前の賊どもは発していた。この容赦のなさは、この者たちが人を殺《あや》め慣れている証《あかし》としかいいようがない。

——こやつらは、これまでにどれほどの人を殺してきたのか。ここで四人ともあの世に送り込んでしまうほうが世のためになるのではないか。

修馬の中でふつふつと怒りが湧いてきた。だが、その腹立ちをすぐに抑え込む。

——しかし、そういうわけにはいかぬ。今は見逃してやるが、とかげの伊輪蔵どもも、必ず引っ捕らえてやるからな。それでおまえらは獄門台行きだ。首を洗って待ってやがれ。

「いねえぞ」

お摩伊の部屋に入った賊の一人が戸惑ったような声を上げた。

いないだと、と修馬も困惑した。それはどういうことなのか。事前の打ち合わせを無視し、お摩伊は外に逃げていったのか。

「どこに行った」

別の賊の叫び声が続く。

「そこだ、押入だ」

荒い足音が聞こえ、乱暴に襖が開けられる音が響いた。

「見つけたぞ」

舌なめずりするような声を賊が出した。ほぼ同時に、きゃあ、とお摩伊の声が家中に鳴り渡った。

そういうことだったか、と修馬は刀を構えつつお摩伊の行動に納得した。

——押入に隠れるなど、お摩伊どのもなかなか芸が細かいではないか。やはり腹が据わっておるのだな。

「お摩伊どのっ」

刀を振り上げ、修馬は気遣いの声を上げた。

「いやっ、放して、放してったら」

必死にあらがう芝居をしているらしいお摩伊の声が届く。

「お摩伊どのっ。いま助けに行くぞっ」

叫んで修馬は、隣の間に駆けつけようとする動きを見せた。だが、ずんぐりとした男と小さな男がそれを阻もうとする。

ここで少しは戦ってみせないと、と修馬は思った。芝居を見破られるのではないか、という危惧を抱いた。

むん、と気合を込め、修馬は手加減することなく袈裟懸けに刀を振り下ろしていった。小さな男に向け、よけろっ、と強く念じる。

だが、目の前の男は思った以上に俊敏さに欠けていた。修馬の斬撃は男の左の袖《そで》を斬り裂いたのだ。

それだけで小さな男は大きくよろけ、あっ、と呆然《ぼうぜん》としたように口を開いた。

ここで男を叩っ斬るのは、豆腐を切るよりも楽だった。だが、修馬はその衝動を抑え込み、ずんぐりとした男のほうに刀を向けた。

「てめえっ」

怒号して、ずんぐりとした男が修馬に向かって吼える。匕首を腰だめにして突っ込んできた。

賊どもの動きにすっかり慣れ、修馬の目は男の姿をはっきりとらえていた。

——おまえは一度、死んでいるのだ。

袈裟懸けに刀を落としていけば、ずんぐりとした男の息の根を止めるのは、わけないことだ。だが、修馬は男の勢いに押されたかのように後ろに下がってみせた。

お摩伊の部屋から、二人の男が出てきた。一人はお摩伊を肩に担いでいる。お摩伊は当身《あてみ》でも食らわせられたか、肩の上でぐったりしている。それが芝居なのか、本当に気を失っているのか、修馬には判断がつきかねた。

「引き上げるぞ」

すっきりとした立ち姿の男が、他の三人に張りのある声で命じた。

お摩伊を担いでいる男がちらりと修馬を見、開いた雨戸から庭に飛び降りた。

修馬に左の袖を斬られた小さな男も、体をひるがえし、そのあとに続いた。

「行くぞ」

すっきりとした立ち姿の男が、修馬に肉薄していたずんぐりとした男にいった。いわれた男が、ちっ、と悔しげに舌打ちした。あとちょっとでこの用心棒を仕留められたのに、という思いがほっかむりの中の顔にあらわれている。

ずんぐりとした男が目を険しくし、憎々しげに修馬をにらみつけてきた。いきなり体を返し、廊下から姿を消した。

「待てっ」

刀を肩に置き、修馬は男を追おうとした。だが、すっきりとした立ち姿の男が眼前に立ちはだかった。

――ほう、こいつは。

足を止め、修馬はわずかに目をみはった。腰に長脇差を差しているが、なかなかの腕前なのは確かなようだ。これだけ遣えるのであれば、腕に自信を持ってもおかしくはない。

――だが、俺でもこやつには負けぬぞ。ふむ、こやつが、とかげの伊輪蔵ということはないのかな。

どうやらなさそうだ。目の前の男は、以前は侍だったのではないか、という雰囲気を漂わせている。剣の腕も、そのときに身につけたものではないか。

お摩伊の話では、とかげの伊輪蔵は百姓の出らしい。

昨日のこと、お摩伊が描いた人相書を修馬は目の当たりにして、その顔を決して忘れぬように脳裏に刻み込んだが、とかげの伊輪蔵は、元が百姓とはとても思えない相《そう》貌《ぼう》をしていた。

目が凶悪そうに光り、口がひん曲がり、鼻は潰れていた。耳が異様に大きく、まさに醜悪としかいいようがなかった。

とかげの伊輪蔵を憎むあまり、お摩伊が容貌《ようぼう》をより醜く描いたのかもしれないが、人というのは心の持ちようでずいぶん顔が変わるのだな、と人相書を見て修馬は思ったものだ。非道なことを続けていると、人相は崩れていくのである。

顔にその者の人生が出るというのは、本当のことなのだろう。

お天道さまに顔向けできぬ人生を送ってはならぬのだ、ととかげの伊輪蔵の人相書を見たとき、修馬は肝に銘じた。

腰を落とし、すっきりとした立ち姿の男が長脇差に手を置いてみせる。ほっかむりの中の目をぎらりと光らせた。斬りかかってきたら容赦なく斬るぞ、と修馬を無言で恫喝《どうかつ》しているのだ。

――片腹痛いわ。

大笑いしたくなった。修馬にとって、男の威嚇など笑止千万のものでしかなかった。刀の一撃目を胴に持っていき、横に避けたところに素早く袈裟懸けを見舞う。それだけで男は体勢を崩すにちがいない。それから料理するのはわけもないことだ。

――こやつは、あとは俺に背中を見せて逃げるしか手はないはずだ。

そこを襲いかかり、倒すことなど、血をたっぷりと吸った蚊を潰すよりもたやすい。

だが、修馬は男の迫力に圧されたかのように顔をゆがめて足を後ずさらせた。

それでよい、とばかりに男が薄く笑ったのが見えた。明らかに修馬を格下に見ていた。

――おのれっ。いずれ目に物見せてやるからな。待っておれ。

腹の中で毒づき、すっと男が姿を消すのを、修馬は手を出すことなく見送った。

――俺はうまくし遂げたかな。芝居はばれなかっただろうか。

ばれたところで、もはや後戻りはできないのだ。ここから先は時造に任せるしかない。

修馬は、ふう、と吐息を漏らした。

廊下を歩き、雨戸の外されたところに立つ。顔をのぞかせ、庭を見やった。

江戸の町には夜のとばりが降りきっており、外は真っ暗だ。賊どもの姿はどこにもない。

今頃、隠れ家に向かって夜道をひたすら駆けているのだろう。

顔を上げ、修馬は夜空を眺めた。月はどこにもない。雲が空を覆い尽くしているのだ。

とかげの伊輪蔵一味を罠にはめる策は、首尾よくいったといっていいのだろう。時造、と心の中で修馬は語りかけた。

――うまくやってくれ。頼むぞ。

この祈りが時造に届くことを、修馬は願うしかなかった。

路地に一本の大木が立っている。

ときおり吹く風が梢《こずえ》を揺らし、その音が時造の耳に届く。

その脇にこんもりとした茂みがある。深夜、そこに身をひそめ、時造はあたりに目を光らせていた。

お摩伊の家から五間ばかり離れているが、監視するのには都合のよい場所だ。なにしろ見通しがいい。お摩伊の家を出てきた賊どもが路地をどちらに向かおうと、はっきりと目でとらえることができるのだ。

――しかし、まだか。

じれる気持ちを、時造は抑え込んだ。

——ここで苛立《いらだ》ってては元も子もなくなってしまうぞ。

それにしても、と時造は思う。賊どもが出てくるのがあまりに遅いのだ。四人が目の前に家に入り込んでから、四半刻《しはんとき》（三十分）は優にたっている。

押し込みを生業にしている者たちだけに、気配を消すことなどできないらしく、路地に黒々とした姿をあらわした四人の賊は枝折戸を開け、堂々とお摩伊の家の敷地に入っていった。

だが、そこからが長いのだ。慎重を期しているのか、時がずいぶんかかっている。

——あれだけ露骨に気配をあらわにしていた以上、山内さまはとうにお気づきになっているだろう。お摩伊さんにも、とかげの伊輪蔵一味がやってきたことを、知らせたにちがいない。

おっ。

お摩伊の家から、なにやら騒ぎが聞こえてきたのだ。きゃあ、とお摩伊らしい悲鳴も響いてきた。

——ずいぶん荒っぽい連中だな。

茂みに身をひそめつつ時造はあきれた。これでは近所の者に丸聞こえではないか。町奉行所はともかく、自身番に駆け込む者もいるのではないか。

──あんなやり方で、これまでよくも捕まらなかったものだ。

しかし、お摩伊らしい悲鳴はそれきりで、あとはまったくなにも聞こえなくなった。家からは物音一つ響いてこない。

──お摩伊さんは殺《や》られなかっただろうか。

さっきの悲鳴は、賊どもに害されたからではないと信じたい。

──山内さまのほうは大丈夫だろうか。まさか、やられてしまったというようなことはないと思うが。

その二点が時造の気がかりになっている。

──あっ。

お摩伊の家の敷地で、人影が動いたのが見えた。茂みに改めてひそみつつ時造が息を殺して眺めていると、枝折戸を開けて四人の男が路地に出てきたのが見えた。そのうちの一人は、お摩伊らしい女を担いでいるのが知れた。担いできたのだから、お摩伊は無事ということだろう。あれは気を失っているだけだ。

さすがに、ほっとする。

──よし、どっちに行く気だ。どこまでもついていってやるぞ。

賊どもは西へと向かいはじめた。時造がひそんでいる茂みとは、逆の方角である。

十分に距離を取ってから、時造は茂みを出た。半町（約五五メートル）ばかりの間を空けて、あとをついていく。

気配を消すことをろくに知らない連中だから、半町ばかり空けているといっても、ついていくのは苦にならない。


それからどのくらい走ったか。

提灯をつけることなく、賊どもはまだ駆けている。

あたりから人家は消えつつあり、肥のにおいが濃くなってきていた。

――だいぶ田舎に来たな。ここはどのあたりだろう。まだ江戸の朱引内《しゅびきうち》だろうか。

かなり走ったといっても、まだそこまで至っていないのはわかる。

江戸で生まれ育ったが、時造はこれまでにすべての土地を回ったわけではない。足を踏み入れたことのない場所は、まだいくらでもある。

どうやら、とかげの伊輪蔵一味が向かっているのも、そういう場所のようだ。

――下渋谷村のほうかもしれんな。

ちらほらと見える大きな屋敷の影は、大名や大身の旗本の下屋敷であろう。

闇が覆い尽くしているとはいえ、あたりは見晴らしがよい地形で、かなり見通しが利くようになってきた。時造は賊どもとの距離をさらに空け、一町ほどにした。このくらい空けても、やつらを見失うことはない。それだけの自信が時造にはある。

なおも走り続けていると、半町ほど先に地蔵堂らしい建物があるのが見えた。

——おっ。

地蔵堂の陰に人の気配があることに、時造は気づいた。

——ちっ。

静かに足を止め、時造は心中で舌打ちせざるを得なかった。

——まさかこの刻限に、あんなところに見張りを置いていようとは。

お摩伊を担いだ賊どもがみるみるうちに遠ざかっていく。

このままでは見失ってしまう。だが、時造は、まずいとはまったく思わなかった。

軽く息を吐き、その場に立ち尽くす。

一陣の風が吹き、時造の着物の裾《すそ》をばたばたとさわがせていく。

闇の中、肥のにおいをはらんだ土埃《つちぼこり》が舞い上がる。

伏せた顔を転じ、時造は半町ばかり離れた右手側を見やった。

ここから見えないが、そのあたりには、畦《あぜ》のような狭い道が走っているはずだ。

その道を、風が吹き抜けていったのを時造は感じた。

しばらくのあいだ風の吹く先をじっと見ていた。

ふう、と再び息を吐く。地蔵と化したように時造がその場を動くことはなかった。

第四章

一

心が躍る。

どういうことかわからないが、徳太郎の長屋に牧野家の留守居役、霜田杢右衛門から使いが来て、またしても上屋敷に呼び出されたのだ。

朝日を浴びながら徳太郎は相変わらず繁華な道を歩き、牧野家の長屋門の前に立った。

おや、と感じた。閉めきられた長屋門の向こうに、徳太郎はひどくざわついている気配を感じ取ったのだ。一昨日やってきたときも、この屋敷は落ち着きがなかったが、今日はもっとあわただしい感じがする。

——昨夜の急な使いといい、なにかあったとしかいいようがないな。俺が呼び出されたことと、なにか関係あるのだろうか。

とにかくここまで来たのだ。今さら引き返すわけにはいかない。引き返す気もない。

徳太郎は、呼び出された理由にかかわらず、すでに首を突っ込むつもりになっている。

「頼もう」

目の前の小窓に向かって、徳太郎は声を発した。

だが、小窓が開く前にくぐり戸のほうが音を立てた。さるが外されたのだ。わずかにきしみながら、くぐり戸が開いていく。

「朝比奈どの、よくいらしてくれた」

驚いたことに、顔をのぞかせ、声をかけてきたのは霜田杢右衛門本人である。その顔色の悪さに、徳太郎は驚きを禁じ得なかった。

——いったいなにがあったのか。

さすがに徳太郎は面食らうしかなかった。よくないことが起きたことだけはわかった。杢右衛門はろくに寝ていないのではあるまいか。

「どうぞ、お入りくだされ」

杢右衛門が徳太郎の手を取るようにして、いざなう。

「失礼いたす」

一礼して徳太郎はくぐり戸から中に入った。

すぐに母屋に招き入れられ、客間に落ち着いた。向かいに杢右衛門が端座する。

杢右衛門の目は暗く、ひどく濁っているが、瞳《ひとみ》の奥に、かすかにきらめいているものがあるように徳太郎には見えた。

――あの光はなんなのか。

しばらく考えて、徳太郎は結論を得た。希望ではあるまいか。

どういうことなのか、と徳太郎は心中で首をひねった。

――つまり、霜田どのは、この俺になにかを期待しているということか。

「朝比奈どの――」

身を乗り出して杢右衛門が呼びかけてきた。ずいぶんと歳《とし》を取ったようなしわがれ声だ。

はっ、と少し体を低くして徳太郎は答えた。

「わざわざご足労願ったのは、朝比奈どのに依頼したいことがあるからでござる」

「ご依頼でございますか」

――いったいどんなことをこの俺に頼もうというのだろう。

「さよう」

喉《のど》に引っかかるものでもあるのか、杢右衛門は相変わらずしわがれ声だ。

「他言無用にしてもらわなければなりませぬが、実は……」

低めた声をいったん止め、杢右衛門が徳太郎をじっと見る。

「我が殿がかどわかされもうした」

一瞬、杢右衛門がなにをいっているのか、徳太郎にはわからなかった。

「なんと」

意味がようやく通じた徳太郎は、目をみはって杢右衛門を見返した。

「かどわかしでございますか。それは容易ならぬこと。いつのことです」

「昨日の夕刻でござる」

冷静な口調で杢右衛門が答える。

「下手人は」

ききながら徳太郎は、一昨日、牧野家の家中の士と思える六人とやり合っていた刃引きの刀を持つ男のことを思い出した。

「豪之助という者にござる」

「まだ捕らえておらぬのですね」

「残念ながら」

「豪之助というのは、どのような男ですか」

色の悪い唇をなめ、杢右衛門が男の特徴を語った。

——まちがいない、あの男だ。

刃引きの刀の遣《つか》い手という話を聞いて、徳太郎は確信を抱いた。

「その豪之助という男は、どういうふうに三河守さまをかどわかしたのですか。行列を襲ったのですか」

額のしわを深めて、杢右衛門がさらに苦い顔になった。少しのあいだ黙り込んでいたが、やがて話し出した。

聞き終えて、徳太郎はうなるしかなかった。

「一人でこの屋敷に乗り込み、そこにいた家中の士をすべて倒したのですか」

「恥ずかしながら、そういうことにござる」

うつむいて杢右衛門が答えた。つまり、と徳太郎は思った。豪之助は家臣たちの油断をものの見事に突いたということだろう。

「豪之助という男がどのような理由があって三河守さまをかどわかしたのか、わかっているのですか」

「うらみではないか、とそれがしは考えておりもうす」

「うらみ……」

「我が領内は一昨年、昨年とひどい不作に見舞われもうした。飢饉《ききん》になったのでござる。その飢饉で豪之助の家人や一族、村人は全滅しておりもうす。豪之助の村だけでなく、領内の多くの村で餓死者を出しもうした。大勢の逃散者もあったそうにござる」

当然のことながら、と徳太郎は思った。牧野家の家中には一人として餓死者は出なかったのだろう。

「そのうらみを晴らすために、豪之助は三河守さまをかどわかしたのですね」

「おそらくそういうことにござろう。どこかに押し込め、我が殿を餓死に追い込むつもりではないかと存ずる」

顔をゆがめて杢右衛門がいい切った。

「なんと。豪之助という男はそのようなことを考えているのですか……」

――すさまじいまでのうらみなのだな。

「実は、つい先日、国元でも同じようなことがありもうした」

信州小諸領内で国家老の豊見山玄蕃と御用商人である猪沢屋和兵衛という者が豪之助にかどわかされ、今も行方知れずになっていることを杢右衛門が述べた。

「それはいつのことですか」

驚きを隠すことなく徳太郎はきいた。

「もう半月前のことになりもうす」

「でしたら……」

二人はもう餓死したのではあるまいか。

「さよう」

力をなくしたように杢右衛門が、がくりとうなだれた。

「一つうかがいます」

徳太郎は杢右衛門に告げた。杢右衛門が目を上げた。

「なんでござるか」

「それだけひどい飢饉の中、豪之助は生き残ったのですか」

そういうことにござる、と杢右衛門が憎々しげにいった。

「あの男は昨年、ずっと城下の牢《ろう》に入れられておりもうしたゆえ、飯も支給されていたのでござる」

「入牢していたおかげで助かったのですか」

「さよう。やつはその恩も忘れて、このような暴挙に出たのでござる」

「なにゆえ捕まっていたのですか」

その理由も杢右衛門が語った。

　年貢の取り立てに来た役人を叩《たた》きのめしたのか、と徳太郎は納得した。それで牢を出されて急いで村に戻ったところ、すべてが変わり果てていたということか。

　そのとき、豪之助はどんな思いを抱いただろうか。

　――俺も、こんな目に遭わせた連中を同じ目に遭わせたいと願うのではあるまいか。そして、豪之助という男にはそれをうつつのものにできるだけの力もある。

　顔を上げ、杢右衛門がじっと徳太郎を見る。

「朝比奈どのに依頼したいことというのは」

　言葉を切り、気持ちを落ち着けるように杢右衛門が息を入れた。

「我が殿を取り戻していただくことにござる」

「それがしが」

　眉根を寄せ、徳太郎は首をひねらざるを得なかった。

「もし朝比奈どのが殿を取り戻してくだされば、仕官のことは考えましょう。いや、仕官は確実なものになるといってよいでござろう」

「いえ、仕官の儀はお断りいたします」

「なんと」

　目を大きく見開き、杢右衛門は信じがたいという顔つきをしている。

「仕官目当てで三河守さまを取り戻したと思われるのは、本意ではありませぬ」

「それはわかるのでござるが……」

「本当に仕官という餌《えさ》は、それがしにはいりませぬ。それがしは、三河守さまのお人柄に惹《ひ》かれました。ゆえに、三河守さまを無事に取り戻すための働きは是非ともしたいと存じます」

「ありがたし」

百万の味方を得たような気分なのか、李右衛門が初めて顔を輝かせた。

しかし、と徳太郎はいった。

「なにゆえそれがしに三河守さまの捜索という仕事をお頼みなさるのですか。それがしは剣の腕にはそれなりの自信は抱いておりますが、探索や捜索という仕事は正直、素人でございます」

それを聞いて、無念そうに李右衛門がかぶりを振る。

「こちらはもっと素人ぞろいにござる。家中の者どもは総出で殿を捜している。しかし、そうたやすく見つけ出せるとは思えませぬ。もし見つけ出したときは、すぐにお知らせするゆえ、豪之助を退治してほしいのでござる」

それが本音か、と徳太郎は思った。豪之助とまともに対することができる者が家中にいない以上、仮に康時の居場所を見つけたとしても、牧野家には豪之助に阻まれて救い出すことができないのだ。

「それに、殿がかどわかされたことを公儀に知られるわけにはいかぬゆえ、どうしても極秘に動く必要がござる。それには、やはり貴殿にお頼みするしかないものとそれがしは判断いたした。むろん、我が家《いえ》にも町奉行所に懇意にしている者がおりもうすが、そちらに相談するわけにもまいりませぬ」

「三河守さまの身柄を無事に取り戻すことを考えれば、町奉行所に届け出ることこそが肝要だと存じますが」

「確かにそれは大事でござるが、やはり公儀に知られるというのは、なんとしても避けたいことにござる。主家が取り潰《つぶ》しに遭っては元も子もないゆえ」

確かにな、と徳太郎は思った。もし上屋敷から大名の当主がたった一人の百姓によってかどわかされたことを公儀が知ったら、武家としてあまりの嘆かわしさに、取り潰そうという気になっても不思議はない。少なくとも、減知はまちがいないところだろう。

牧野家を取り潰しに追い込もうとする気は、と徳太郎は思った。豪之助にはないのか。ただ単に、飢饉のうらみを晴らしたいだけなのか。今のところは、そういうふうに思える。

「三河守さまにお子は」

新たな問いを徳太郎は放った。

「跡取りがおりもうす。すでに十九ゆえ、家督を継ぐのになんの障りもござらぬ」

やはりな、と徳太郎は思った。家中の士がなによりも恐れるのは、主家の取り潰しなのだ。主家さえ存続すればよい、という考えは武家には特に染みついている。

李右衛門の考えでは、もし三河守が殺されても十九の跡取りがいる以上、公儀にさえこの失態を知られなければ、牧野家はなにごともなく引き続くということなのだろう。

李右衛門は減知すら恐れているに相違ない。一万五千石からさらに禄高《ろくだか》を減らされては、ほとんど残らないといってよい。大名から旗本になることも十分に考えられる。

「霜田どのが、三河守さまの探索をそれがしに依頼することは、家中のほかのお方はご存じでいらっしゃいますか」

「いえ、それがしの独断でござる。それで謝礼でござるが」

「謝礼など必要ありませぬ」

真顔で徳太郎は断言した。

「えっ」

あっけにとられたように杢右衛門が口をぽかんと開けた。

「先ほども申し上げたが、それがしは、三河守さまのお人柄に打たれました。三河守さまは、それがしに優しい言葉をおかけくださった。そのことにそれがしはすでに恩義を感じております。三河守さまを救い出すことで、その恩義を返そうと思っております」

「それはまことに武士の鑑《かがみ》としかいいようのないお言葉にござるな」

「これから三河守さまの探索にかかります。見つかれば、すぐにお知らせいたします」

「よろしくお願いいたす」

杢右衛門が深々と頭を下げる。

「ただし、その前に豪之助という男について、きいておきたいことがあります」

杢右衛門を見据えるようにして徳太郎は告げた。ややかたい表情で杢右衛門がうなずいた。

「どのようなことでござるか」

「それがしは豪之助という男に会ったことがあります」

「まことでござるか」

どういう仕儀で会うことになったか、徳太郎は説明した。

「さようにござったか。それは国家老の豊見山玄蕃どのの子息と家臣たちにござる」

あの若い男は、と徳太郎は思った。かどわかされた国家老のせがれだったのか。

「豪之助という者は恐ろしく速い身のこなしを、おのがものにしておりました。剣も同様で、あれだけ速い斬撃《ざんげき》を繰り出せる者は、凄腕《すごうで》の剣客が集まっているここ江戸でも、そうはおりませぬ」

「さようにござるか」

首筋と顔に噴き出ている汗を、杢右衛門が豆手ぬぐいで拭《ふ》いた。

「豪之助の剣の流派がなんというものか、霜田どのはご存じですか」

「存じておりもうす。国元の流派と聞いておりもうす。確か、椎場《しいば》一刀流とかいったと存じもうす」

椎場一刀流か、と徳太郎は思った。これまで一度も耳にしたことはない。

「剣を習うために豪之助が江戸に出てきたことは、ありましょうか」

「いえ、聞いたことはござらぬ。豪之助は江戸へ出てきたことは、これまで一度もないのではないでしょうか」

「椎場一刀流は、国元の流派とのことですが、創始者はなんという方ですか」

「椎場劉貞斎《りゅうていさい》という者だそうにござる」

その名を徳太郎は胸に刻み込んだ。

「いつの頃のお人でしょうか」

「もうとうに鬼籍の人らしいが、亡くなってからまだ二十年はたっておらぬのではないかと存じもうす」

けっこう最近になってはじまった流派なのだな、と徳太郎は思った。だとしたら、豪之助は劉貞斎の教えを、じかに受けているのではあるまいか。

霜田どの、と姿勢を改めて徳太郎は呼びかけた。

「では、これからそれがしは三河守さまの捜索にかかります」

「よろしくお頼みいたす」

「口外無用といわれたが、調べる先でどうしても三河守さまのかどわかしについて話さなければならぬやもしれませぬ。もちろん人は選んで話しますが、それについて、ご了承をいただけますか」

「もちろんでござる。真実を話さぬのでは、相手から本当のことを引き出せるはずもないゆえ」

「ありがたし。では霜田どの、吉報をお待ちくだされ」

杢右衛門の前を辞去し、徳太郎は牧野家の上屋敷をあとにした。

――さて、どうするか。

ここに修馬がいればどんなに心強いか。だが、いま修馬は用心棒仕事の真っ最中だろう。力を借りるわけにはいかない。おのれの力ですべてを切り開いていかなければならない。

――よし、やはり剣術の筋から攻めていくしかないな。

腹を決めた徳太郎は半刻《はんとき》（一時間）ほど歩いて備前町《びぜんちょう》にやってきた。路地を一つ入って、静かに足を止める。

目の前に『戸岐《とぎ》一刀流』という看板が出ている。

戸はきっちりと閉まっている。道場内はひっそりとしており、剣術道場らしいざわめきは聞こえてこない。

――まさか門人が一人もいなくなってしまったのではなかろうな。

どうやらそうではなく、今は稽古《けいこ》外の刻限に過ぎないのだろう。

「失礼いたします」

戸口に立ち、徳太郎は声を張って訪《おとな》いを入れた。

「おや、その声は」

戸を開けて、のそりと顔を出した男を見て、徳太郎は笑みを浮かべた。

「師範、お元気そうでなによりです」

師範の戸岐通右衛門《みちえもん》は、稽古着を着込み、木刀を手にしている。

「おう、徳太郎ではないか」

梅干しのようにしわ深い顔を通右衛門がほころばせる。

「おぬしも元気そうじゃな。しかし徳太郎、久しいの。何年ぶりかな」

「はっ、二年ぶりになるかと。ご無沙汰《ぶさた》してしまい、まことに申し訳ありませぬ」

「おぬしも忙しかったのだろうよ。徳太郎、立ち話もなんだ、入らぬか」

「ではお言葉に甘えさせていただきます」

いくつかの武者窓《むしゃまど》が開け放たれている道場内に入り、徳太郎は深く呼吸した。木の香りと汗のにおいが入り混じったような風が、ゆったりと流れている。懐かしい思いに徳太郎は包まれた。

ここで師範代を頼まれ、一年半ばかり通いで来ていた。そのときに鍛えた門人たちは今どうしているだろう。町人がほとんどを占めていたが、皆、元気にしているのだろうか。顔を見たかった。

道場脇《わき》の板戸を開け、通右衛門が徳太郎を小部屋に通した。四畳半の間だが、ここには畳が敷いてある。

徳太郎と通右衛門は向き合って座った。

いつしか笑みを消し、通右衛門が真剣な顔になっている。

「徳太郎、どうやらまだ仕官はかなわぬようだな。今日は袴《はかま》を穿《は》いておるが」

「仕官がかなっておらぬ、とおわかりになりますか」

真摯《しんし》な口調で徳太郎はきいた。

「わかるに決まっておろう」

間髪容《い》れずに通右衛門が断言する。

「もし徳太郎の宿願がかなったのなら、もっと顔が輝いておるだろうし、開口一番、そのことを口にするに決まっておるのではないかのう」

「確かに、師範のおっしゃる通りでございます。いまだに仕官は……。赤面の至りでございます」

「なに、赤面などせずともよいわ」

励ますように通右衛門がいう。

「おぬしほどの遣い手など、この江戸にもそうはおらぬ。これだけの遣い手を召し抱えておけば必ずや役に立つ日がくるはずなのに、それがわからぬとは、どこの大名家も旗本家も、まったく見る目がないのう」

首を振り、通右衛門が顔をしかめる。

「大名家に限らず、仕官する場合、今も昔と同様、縁故などの手蔓《てづる》がないと、なかなかむずかしいものらしいの。縁故によって旨《うま》みのある役目にありつく者のほとんどは、実力などろくにないというのに、おぬしのように有用な男が見過ごされる。まこと嘆かわしいことじゃのう。——徳太郎」

顔を向け、通右衛門が呼びかけてきた。

「おぬし、自分のことを剣術しか能のない男と思い込んでおらぬか」

「思っております。もしそれがしに人に誇れるものがあるとしたら、剣術しかないのではないか、と思っております」

「それはちがうぞ」

大きく首を振って通右衛門が否定する。

「おぬしはそれだけの男ではないぞ。なんでもできる男よ。もし台所の事情が悪い大名がいるのなら、立て直すことのできる男ぞ。自信を持て」

——師範は、俺が牧野家の仕官がかなわなかったことをご存じなのだろうか。

いや、そんなことがあるはずがない。おそらく、今の大名家も旗本家もどこもかしこも台所の事情が苦しく、金の問題を解決してくれる人材を欲しているところが多いのだろう。そのあたりのことの次第を門人あたりから聞いて、通右衛門はよく知っているのだ。

「ありがとうございます。励みになります」

「うむ、徳太郎、がんばれ。あきらめなければ、必ず仕官はかなおう」

「はい」

徳太郎は深くうなずいた。

「だが、がんばってもかなわなかった場合は、わしを頼るがいい。おぬしのほどの男なら、師範を任せてもよいと思うておる。知っての通り、わしには跡取りがおらぬ」

「いえ、そういうわけにはまいりませぬ」

「この江戸でせっかく二百年も続いてきた戸岐一刀流を、わしの代で絶えさせるのは、あまりに惜しい。おぬしが継いでくれたら、これ以上のことはない」

「はあ」

「むろん、無理強いはせぬ。だが、徳太郎、よく考えておいてくれ。わしは、おぬしが門人たちを教える姿を見て、後を任せるのなら、この男しかおらぬと踏んだのだ。

今でも、古くからの門人は、おぬしのことを懐かしがっておる。今の師範代に遠慮して、口には出さぬがな」

「さようでございますか」

――そうか、懐かしがってくれているのか。

じんわりとした喜びが、徳太郎の体に満ちていく。

「それで、徳太郎」

姿勢を正し、通右衛門が呼びかけてきた。

「今日はどうした。なにかききたいことがあって、やってきたのであろう」

「さようにございます」

徳太郎も背筋を伸ばし、まっすぐに通右衛門を見た。

「師範、これは内密にしていただきたいのですが」

「うむ。おぬしがそういうのなら、わしは向後一切、口外はせぬ」

「ありがとうございます」

辞儀し、徳太郎は牧野家でなにがあり、自分がどんな仕事を請け負ったか、通右衛門に語った。

「なんと」

聞き終えた通右衛門の腰が上がった。咳払《せきばら》いをし、すぐに座り直す。

「牧野家の当主が、飢饉のうらみを晴らすために、豪之助というたった一人の百姓にかどわかされたというのか」

「さようにございます」

「しかも、その探索をおぬしが請け負ったというのか。なるほどのう」

目を上げ、通右衛門が徳太郎をじっと見る。

「その霜田という江戸留守居役は、見る目があるといってよいの。徳太郎に目をつけ、探索を依頼するとはの。徳太郎、おぬしなら必ず牧野の殿さまを見つけ出すことができよう。わしは確信しておる」

「力を尽くします。——それで質問なのですが、師範は椎場一刀流という流派をご存じですか」

「椎場一刀流か。うむ、聞いたことがあるの。創始したのは確か、椎場劉貞斎という者だったような気がする。信州の流派だな」

さすがだな、と徳太郎は感心した。通右衛門は剣術の流派に通暁しているのだ。椎場一刀流のことも知っているのではないかと思って足を運んだのだが、期待通りだった。

「その豪之助という百姓が、椎場一刀流の遣い手というわけか。椎場一刀流がどういう刀法を遣うのか、知りたいのか」

「いえ、ちがいます」

徳太郎は大きくかぶりを振った。

「それは豪之助という男をじかに見ておりますゆえ、わかっております。とにかく速い剣だというのはわかりました」

「うむ、その通りだ。疾風迅雷の俊敏さと激しさを持ち合わせた流派といってよい」

「椎場一刀流の道場は、江戸にありますか」

「いや、ないの。確か、信州だけだの。牧野家の居城がある小諸だ」

「椎場一刀流のもとになった流派の道場は、江戸にありますか」

「あるやもしれぬ。徳太郎、しばし待て」

はっ、と徳太郎は顎《あご》を引いた。通右衛門が立ち上がり、部屋の隅に置いてある小さな書棚に歩み寄って腰を折った。

「うむ、こいつに書いてあったかな」

つぶやいて通右衛門が一冊の帳面を手にし、繰りはじめる。

「やはり書いてあったの。徳太郎、上伸流《じようしん》という名だな」

徳太郎を見て通右衛門が伝える。

「この上伸流という流派が椎場流のもとになっているのだの。上伸流の道場に入門したのが信州小諸の浪人、椎場忠哉《ちゆうや》という男だ。これが、のちの劉貞斎だの」

言葉を止め、通右衛門が少しひげの伸びた顎をなでさすった。

「それで肝心の上伸流の江戸道場だが、今もしっかりとあるぞ。江戸に幕府が開かれて以来、ずっと続いておるようだ。うちの道場と同じくらい古いということだの。師範は田丸一兵衛《たまるいちべえ》どのだ」

上伸流の道場がどこにあるのかも、通右衛門が教えてくれた。

「飯倉片町《いいぐらかたまち》というゆえ、ここからならおよそ四半刻《しはんとき》（三十分）ばかりで着くであろう」

飯倉片町は何度か通り過ぎたことがあり、徳太郎は小さな町だったことだけは覚えている。名があらわしている通り、道の片側だけが町地になっていた。道場は、きっとすぐに見つかるだろう。

「師範、ありがとうございます」

徳太郎は深々と頭を下げた。通右衛門に対し、感謝の思いで一杯である。

「なに、礼などいらぬ」

かっかっ、と通右衛門が笑う。

「わしは徳太郎の役に立てれば、うれしいのじゃよ。徳太郎は飯倉片町の上仲流の道場に、豪之助が来たと考えているのか」

「あるのではないか、くらいですが。きけば、豪之助はこれまで一度も江戸に出てきたことはないそうです。江戸に土地鑑はないでしょう。そういう者が牧野三河守さまをどこかに監禁した。餓死させることが目的ならば、どこかにそのための家を用意したのではないか、と思うのです」

「うむ、そうであろうな。それで」

興味深げな顔で通右衛門が先をうながす。

「三河守さまをその家に監禁し、両手両足に縛《いまし》めをし、猿ぐつわをして転がしてしまえば、騒がれることもなく、近所にばれる恐れもないでしょう」

「その通りであろうの」

「ただし、豪之助は監禁のための家をどうやって用意したのか、という疑問が残ります。江戸にやってきて、最初に目に入った口入屋をいきなり訪ねたのでしょうか。そうなのかもしれませぬが、江戸に伝《つて》がない以上、師匠が世話になった道場を豪之助は頼ったのではないか、とそれがしは勘考いたしました。口が堅く信用できる口入屋を紹介してもらったのではないかと」

「うむ、目のつけどころとしては、徳太郎、素晴らしいのではないかの」

瞳を輝かせて通右衛門が賛同する。

「仮に豪之助がその道場を頼っておらずとも、師匠が修行した道場を見たいと思うのは、弟子として当然のことじゃろう。道場の者が、あるいは豪之助に会っているかもしれぬしの」

なるほど、そういうことも考えられる、と徳太郎は通右衛門の頭の巡りのよさに感心した。

「徳太郎、今は自分の思う通りに動くことだ。さすれば、いい目が出るのではないかの。わしはそう思うぞ」

通右衛門に背中を押されたような気分になった。改めて礼を述べ、徳太郎は戸岐一刀流道場をあとにした。

二

お摩伊のことが案じられてならない。

なにしろ、昨夜、時造がやってきて、しくじりました、と謝ったのだ。

その言葉を聞いて修馬は耳を疑った。まさか時造がやり損ねるとは、信じられなかった。

まことのことなのか、と問いただしたところ、時造は、まちがいありません、と答えたのだ。

しかしながら、しくじったという時造に、悪びれたところはまったくなかった。むしろ、自信に満ちているように見えた。

——あの時造の態度はどういうことなのか。

今に至っても修馬にはさっぱりわからない。

時造は今、とかげの伊輪蔵一味の隠れ家を探しているはずだ。隠れ家を必ず見つけ出す自信があるのか。

きっとそうなのだろう。昨夜、この家からお摩伊をさらった四人のあとをつけていき、下渋谷村のほうまで行ったらしいのだ。

そこから先の道のりを、とかげの伊輪蔵一味の見張りにさえぎられたというのである。

見張りは二人おり、その二人には尾行を気づかれはしなかったというのだが、四人を見失わないために、見張りを倒すこともできかねたという。

それはそうだろう、と修馬も思う。見張りを倒すような真似《まね》をすれば、とかげの伊輪蔵は、ただちに根城を移すに決まっているからだ。そんなことになれば、昨夜の芝居の意味がなくなってしまう。

下渋谷村に、とかげの伊輪蔵一味の見張りがいたということは、やつらの隠れ家が、その付近にあるという、なによりの証《あかし》であろう。

俺も隠れ家を探しに行くか、という気になるが、修馬としては、下渋谷村のどのあたりに行けばお摩伊が見つかるか、まったく見当がつかない。

今は、お摩伊の家でひたすらじっとしているしかない。それが一番の得策に思えた。

下渋谷村と一口にいっても、広いのだ。その先には中渋谷村も広がっている。

時造からのつなぎを待てばよいのだ。

閉めきった部屋で修馬は端座し、波立つ心をなんとかなだめようとしている。まさかとは思うが、お摩伊が殺されてしまったということはないだろうか。

——あるはずがない。悪いことは、できるだけ考えぬほうがよい。引き寄せてしまうことがあるゆえな。

むっ、と修馬は顔をしかめた。つと庭のほうで人の気配がしたのだ。誰か入り込んできたようだ。

——誰なのか。時造か。

とかげの伊輪蔵一味の隠れ家を突き止め、知らせに馳《は》せ参じたのか。

気配はいやな気を放っていない。むしろ、人を穏やかにさせるようなものがある。

——これは、前に何度も味わったことがある。

そのことに修馬は気づいた。

——あの男がやってきたのだ。

久しぶりに会えることに、修馬は震えるような喜びを覚えた。

もう一度、外の気配を嗅《か》いだ。

——うむ、まちがいあるまい。

侍の倣いとして刀を手に修馬は庭に面した部屋に赴き、腰高障子を開けた。一陣のさわやかな風が吹き込んできた。

庭には、朝日がたっぷりと射し込んできていた。まぶしさに目を細めたが、人よりずっと大きな頭が修馬の視野に入り込んだ。懐かしさが胸に満ちる。

「やあ」

庭の真ん中に立ち、明るい声を発したのは久岡勘兵衛である。

「おう」

手を上げて修馬は応じた。自然に笑みが浮かぶ。

「修馬、元気そうだな」

にこりと笑って勘兵衛が語りかけてきた。

「うむ、久岡どのも」

勘兵衛のことをお頭と呼ぶわけにもいかず、名を呼び捨てにもできなかった。

「修馬、そこに座ってよいか」

笑みをたたえたまま勘兵衛が濡縁《ぬれえん》を指さす。

むろん、と修馬はうなずいた。

「といっても、ここは俺の家ではないが」

うむ、といって勘兵衛が濡縁に歩み寄り、静かに腰を下ろした。

「立っておらんで、修馬もここに」

勘兵衛にいわれ、うなずいた修馬は隣に座った。

「ずいぶん久しぶりだな、修馬」

「まったくだ。無沙汰してしまい、申し訳なかった」

勘兵衛を見て、修馬は頭を下げた。

「いや、謝ることなどないさ。修馬は俺の顔など見たくなかっただろう」

「そんなことはないが……」

「ないことはなかろう。徒目付頭《かちめつけがしら》という役目にありながら、俺はおぬしをかばい切れなかった。馘《くび》にしてしまった」

「なに、あれは俺のへまだ。久岡どののせいで、馘になったわけではない」

「そうかもしれぬが」

言葉を切り、勘兵衛が修馬をじっと見る。

「修馬、例の遅刻の件を覚えておるか」

「俺の馘のもとになった件のことか。忘れるはずがない」

「まあ、そうだろうな」

すまなそうに勘兵衛が同意する。

「久岡どの、今になって、なにゆえそのような話をするのだ」

勘兵衛の真意が測れず、修馬は問うた。

「前から疑っていたのだが」

つぶやくようにいって勘兵衛が続ける。

「遅刻の件には、なにか裏があるかもしれぬ」

えっ、と修馬は絶句した。そんなことは、これまで考えたこともなかった。

「裏というと」

声がひっくり返りそうになったものの、修馬はなんとか冷静な口調できいた。

うむ、と勘兵衛が顎をぐっと引く。

「それが、まだはっきりとはしておらぬのだ。修馬、ちときくが、徒目付の頃、なにか見てはならぬものを見ておらぬか」

なに、と修馬は衝撃を受けた。

「いや、俺には、そのような心当たりはまったくないぞ」

「そうか、そうだろうな。それがわかっていたら、修馬は俺にいってきただろうからな」

「久岡どの、俺は見てはならぬものを見て、徒目付を馘になったというのか」

「今のところ、かもしれぬ、というところだ」

「久岡どの、俺はいったいなにを見たというのだ」

「それもまだわからぬ。俺のほうこそ知りたい」

「そうだろうな」

うなるような思いで、修馬はしばらく考え込んでいた。だが、まるでわからない。

苛立《いらだ》たしい。わかりさえすれば、徒目付復帰の道が開けるかもしれないのに。

「久岡どの、俺はその見てはならぬなにかを見たせいで、罠《わな》に嵌《は》められたというのか」

「そうではないかと、俺はにらんでおる」

「もしや俺は、前日に飲んだ酒に毒でも飼われたのか。それで翌日、いつものように起きられなかったということか」

「毒ではなく、なんらかの薬を盛られたのかもしれぬが、十分に考えられる」

「俺の口を封じるために、誰かが薬を飲ませたということか」

「まだ確証はないが、俺はずっと前からそうではないかと考えて、秘密裡《ひみつり》にいろいろと調べ回っていた」

「それでなにかわかったか」

「いや、まだはっきりとこれだといえるようなことはないが、修馬、天陣丸《てんじんまる》という船のことを覚えているか」

「ああ、忘れるものか」

修馬は力んで答えた。天保通宝《てんぽうつうほう》の偽金づくりの一件に絡み、刀を振るって、般若面《はんにゃめん》をかぶった般若党の連中と天陣丸の船上で戦ったのだ。あのときは、徳太郎が大活躍を見せた。

「あの船が、俺の誠に関《かか》わっているというのか」

「かもしれぬ。あの船の正体を、いま全力を挙げて調べているところだ」

「そうなのか。調べはつきそうか」

「必ず調べ上げる。約束しよう」

「だとすれば、般若党の連中とまた対決ということになるな」

腕が鳴るという感覚を修馬は久しぶりに抱いた。

「おそらくな」

「そのときは俺も呼んでくれ」

真摯な口調で修馬は頼み込んだ。

「わかった」

真剣な顔で勘兵衛がうなずく。

「般若党の者どもと再び対決となれば、徳太郎も力を貸してくれよう」

「朝比奈どのか。あの男が来てくれるのならば、まさしく千人力だな」

「徳太郎は久岡どのと同じくらいの強さか」

「とんでもない。俺とは比べものになるまい」

その言葉を聞いて修馬は苦笑した。

「それは、いくらなんでも謙遜《けんそん》に過ぎよう」

「謙遜などではないさ」

真顔で勘兵衛がかぶりを振る。

「朝比奈どのは、まさしく剣の天才といってよい。残念ながら、俺は天才ではない」

「そうかな。俺からしたら、久岡どのは徳太郎と同じくらい強いように見えるが」

「朝比奈どのが十なら、俺はせいぜい七程度でしかない」

「そんなにちがうか。だとしたら、俺など三くらいだろう」

「そこまで低くはなかろう。五くらいではないか」

「五か。あきれるほどに平凡な腕だな」

修馬の言いようがおもしろかったのか、勘兵衛が小さく笑いを漏らした。

「久岡どの」

話題を変えるために修馬は背筋を伸ばして呼びかけた。

「修馬、さっきから気になっていたのだが、その久岡どの、はやめぬか。俺のことは、以前のように勘兵衛と呼び捨てにしてくれ。友垣ではないか」

「しかし、おぬしは徒目付頭だからな。なかなか呼び捨てにはできぬ」

「だったら、せめて名のほうを呼んでくれ」

「勘兵衛どのか。わかった」

修馬は了解した。

「それで勘兵衛どの」

「なにかな」

勘兵衛の顔が修馬の目の前にある。久しぶりに会ってつくづく思ったが、勘兵衛は本当に大きな頭をしている。

この頭のせいで、勘兵衛は部屋住《へやずみ》の頃、命を狙《ねら》われたことがあったそうだ。下手人がなにゆえ勘兵衛の命を欲したのか、修馬は聞いているが、まさに、さもありなんという理由だった。

「時造のことだ。昨夜の顚末《てんまつ》を聞いているか」

「もちろん聞いている。時造は俺の配下ゆえ」

「時造は今、とかげの伊輪蔵一味の隠れ家を探している最中だろう。見つかりそうか」

「なに、もう見つかった」

なんでもないことのように勘兵衛がさらりといい、修馬は驚愕《きょうがく》した。まじまじと勘兵衛を見つめる。

「見つかっただと。まことか」

勢い込んで修馬はきいた。

「まことだ」

「時造が見つけたのだな」

「そうではない」

勘兵衛が首を横に振る。

「では、誰が見つけたというのだ」

「俺だ」

「えっ、久岡どの、いや、勘兵衛どのが見つけたのか。本当か」

「まことのことだ」

咳払いして勘兵衛が続ける。

「実は昨夜、俺もこの家の近くにいたのだ」

その言葉の意味を修馬は測りかねた。

「どういうことだ」

「お摩伊どのを担いで去った四人の尾行を、時造一人だけに任せなかったということだ」

「えっ、では勘兵衛どのも四人のあとを追っていったということか」

「そうだ。四人がお摩伊どのをどこへ連れていくかわからなかったが、途中、時造を邪魔する者があらわれるかもしれぬ、と踏んでいた。俺は時造の半町（約五五メートル）ばかり後ろにいた。時造がとかげの伊輪蔵一味の見張りに行く手を阻まれたとき、道を迂回《うかい》し、見張りがいないところを抜けて、四人の後をさらにつけたのだ」

「そうだったのか」

修馬には驚きしかない。勘兵衛という男の用意周到さを、身をもって教えられた気分だ。

「さすがだな」

「そうでもない」

「謙遜だな。では、いま時造はとかげの伊輪蔵一味の隠れ家を見張っているのか」

「そういうことだ」

あの野郎、と修馬は思った。探しているわけではなかったのだ。

「とかげの伊輪蔵一味の隠れ家は、どこにあるのだ」

勘兵衛をじっと見て修馬は問いを投げた。

「下渋谷村だ。といっても、中渋谷村との境だが」

「勘兵衛どの、俺を連れていってくれ」

頭を下げ、修馬は頼み込んだ。

「もちろんだ。俺はそのつもりでここに来たのだからな」

「そうだったのか。勘兵衛どの自ら来てくれるとは……」

そのあとは言葉が続かなかった。感激のあまり、修馬は目頭が熱くなった。だが、今は泣いているときではない。

「お摩伊どのの安否はわかるか」

目尻《めじり》をそっと指先でぬぐって修馬はきいた。

「無事だ」

あっさりと勘兵衛が答えた。

「まことか」

「うむ。ひどい目に遭わされてはいないようだ。とかげの伊輪蔵が、ぞっこんだというのは、嘘《うそ》ではないな」

それを聞いてさすがに修馬はほっとした。

「とかげの伊輪蔵は、隠れ家にいるのか」

「いや、おらぬ」

渋い顔になった勘兵衛が首を横に振った。

「お摩伊どのが描いてくれた人相書に合致する男は、まだあらわれておらぬ。手下はすでに十人ばかり来ているようだが」

「頭がおらぬのでは、隠れ家に襲いかかるわけにはいかぬな」

「そういうことだ。今は時造だけでなく、俺の配下たちも張っている」

そうなのか、と修馬は思った。俺の相役だった者たちは、今も徒目付という役目をしっかりとつとめているのだ。

そのことが修馬は誇らしく思えた。

――俺は徒目付の一員だったのだ。仲間が誇らしいのは当たり前のことではないか。

修馬は、胸が高鳴ってきた。いよいよ、とかげの伊輪蔵を引っ捕らえるときが迫っている。

「勘兵衛どの、さっそく下渋谷村へ向かおうではないか」

「うむ、そうしよう」

お摩伊の家を出た修馬と勘兵衛は、足早に道を進みはじめた。

三

道の左側だけが町地になっている。

あとは、すべて武家屋敷に囲まれる恰好《かっこう》になっている。その中にはいくつか大名家の上屋敷もあるようで、これからどこかに出かけるのか、連れ立って歩く勤番侍らしい姿が散見できる。

町の北側に建つ宏壮な武家屋敷は、確か米沢《よねざわ》の上杉《うえすぎ》家の上屋敷ではなかったか。名将上杉謙信《けんしん》公の名跡を受け継ぐ大名である。

上伸流の道場は、探すまでもなかった。飯倉片町に入る前より、道場から発せられているらしい気合が強弓の弦を弾《はじ》くがごとく、びんびんと伝わってきて、それに導かれるように道を行けばよかったからだ。

上伸流、と看板が掲げられた道場は盛っているらしく、鋭いかけ声や竹刀の激しくぶつかり合う音が聞こえてくる。

道を少し回り込み、徳太郎は武者窓から道場の中をのぞき込んだ。

広さは四十畳ばかりだろうか。防具に身を固めた十数人の男が、竹刀を手に打ち合っていた。

身のこなしや太刀筋が俊敏で、豪之助の動きに通ずるものが確かに感じられた。幼い頃から体にしみ込んだものがあるというのか、剣術によく通じた者ばかりが稽古に励んでいるように見えた。

まわりに武家屋敷が多いことから、門人は侍がほとんどを占めているのではないか。

徳太郎はそんな気がした。

看板のすぐ横が戸口になっている。そちらに戻った徳太郎は、頼もう、と声をかけた。

すぐに中から応《いら》えがあり、門人とおぼしき若い男が姿を見せた。

「もしやご入門ですか」

にこにこしてきいてきたが、徳太郎を見る目に少しだけ警戒の色がある。

「いや、そうではありませぬ」

にこやかな笑みを浮かべ、徳太郎は丁寧な口調で返した。

「では、どのようなご用件でしょう」

真顔で歳若い門人が問う。

「道場破りなどではないゆえ、安心してくだされ。ちと、話をうかがいたいだけです」

「どのようなお話でしょう」

「それは、師範の田丸一兵衛どのにお願いしたいことです。それがしは朝比奈徳太郎と申す者。田丸どのはいらっしゃいますか」

「はい、おります。ただいま取り次ぎますので、こちらでお待ち願えますか」

「承知した」

徳太郎は深く頭を下げた。

会釈して若い門人が奥に引っ込んでいく。

看板をかすかに震わせ、徳太郎の袴の裾《すそ》や着物の袖《そで》をふわりと巻き上げた風が二度ばかり吹いたのち、若い門人が戻ってきた。

「お待たせしました。師範がお目にかかるそうです。朝比奈どの、どうぞ、お上がりください」

「かたじけない」

戸口を入った徳太郎は、土間で雪駄《せった》を脱いだ。腰から鞘《さや》ごと抜き取った大刀を手に、若い門人のあとをついていく。

稽古中の男たちが激しく打ち合っている道場の端を横切ると、板戸に突き当たった。

板戸の先は短い廊下になっており、突き当たりの襖《ふすま》の前で、若い門人が足を止めた。

「師範、お連れしました」

襖越しに若い門人が声をかける。

「入っていただきなさい」

しわがれてはいるものの、腹の底からずしりと響くような声が徳太郎の耳に届いた。

「失礼いたします」

一礼して若い門人が襖を開け、どうぞこちらに、と徳太郎をいざなった。

敷居際に立った徳太郎は辞儀してから、部屋に足を踏み入れた。

文机《ふづくえ》が隅《すみ》に置いてあり、その前に一人の男が座してこちらを見ていた。どこか風格を感じさせる男で、総髪にしている頭も顎のひげも真っ白である。

これが田丸一兵衛どのか、と徳太郎は思った。もう八十に近いのではあるまいか。

かなり歳がいっていることに、徳太郎は驚きを覚えた。

しかし、いまだに相当の腕を誇っているのはまちがいない。全身から放たれている気は穏やかそのものだが、鞭《むち》のような強靱《きょうじん》さを感じさせるのだ。

刀を手に一兵衛と対峙《たいじ》したときを、徳太郎は脳裏に思い描いた。これだけの気に覆われている以上、容易には踏み込めまい。自分が負けるという絵は描けないが、たやすく勝てはしないのは明白だ。相当の接戦になるのではあるまいか。

「どうぞ、そちらに」

座布団を一兵衛が指し示す。はっ、といって徳太郎は座布団を後ろに引き、端座した。刀を置く。

畳は決して新しいものではないが、掃除の行き届いた、居心地のよい八畳間である。

「これはまたすごい男が来たものよ」

顎ひげをなでて、一兵衛が感心したように徳太郎を見る。その場を去ろうとしていた若い門人が、えっ、と声を発して足を止める。

「わしなど及びもつかぬ腕前の持ち主ぞ」

若い門人に一兵衛が告げた。

「ええっ」

「そなたでは、朝比奈どのの腕を見極めるのはまだまだ無理であろう。ふーむ、これだけの腕前の男に会うのは、いつ以来かな」

そんなにすごいお人なのか、といわんばかりの目で若い門人が徳太郎をまじまじと見る。

「戸畑《とばた》、お茶を持ってきてくれぬか」

戸畑と呼びかけられた若い門人が、我に返ったように、承知しました、と答え、静かに襖を閉じた。足音が廊下を去っていく。

背筋を伸ばし、一兵衛が顔を向けてきた。

「では朝比奈どの、どのような御用でいらしたか、さっそくおききいたそうか。お顔の色から察するに、危急のご用件であろうしな」

「おわかりになりますか」

「わかるとも」

好々爺《こうこうや》のように一兵衛が相好を崩した。

「人という生き物を八十年も続けていれば、大抵のことはわかるようになってくるものよ。人の表情のわずかな動きから、なにを考えているか、手に取るも同然になってくる」

「ほう、さようでございますか」

自分が一兵衛の歳まで長生きできたとして、そういう境地に果たして至ることができるか。

「それで、危急の用件とはどのようなものか」

真剣な顔を一兵衛が寄せてきた。

近くで見ると、とても血色がよく、頬《ほお》などつやつやしているのがよくわかった。この歳なのに、うらやましくなるほどの壮健さといってよい。

「田丸どのは、椎場忠哉という男をご存じですか」

「椎場か。懐かしい名を聞くものよ。もちろん知っておる」

天井を見上げ、一兵衛が目を細めた。

「もう四十年以上も前のことよな。ここで十年近くも修行をしたのち、故郷の信州小諸に帰っていきおった。抜群の腕をしておった。椎場のあとにもここには数えきれぬほどの門人が入ってきたが、あれほどの遣い手は、二人いたかどうか」

一兵衛が改めて徳太郎に目を当ててきた。

「もし朝比奈どのがうちの門人になれば、三人目ということになる。しかし、おぬしの腕は椎場より上であろう」

「そのようなことはありませぬ」

「いや、あるのだ。だが椎場も朝比奈どのと同様、天才といってよかった。技ののみ込みは早いとはいえなかったが、一度覚えたことは、すべて確実に自分のものとしていった。さらに、技に工夫を加えることを忘れず、常に上達しようとする気持ちを抱いていた。みるみるうちに強くなり、立ち合うたびにわしは手を焼いたものだ」

「田丸どのが負けたことがあったのですか」

「いや、ない。だが、わしと互角の戦いをするところまで十年をかけて成長しおった。そこまで上達し、ついに椎場はこの道場を去っていったのだ」

小諸に帰り、椎場一刀流道場を開いたということだろう。その意気揚々とした姿が、一度も会ったことがないにもかかわらず、徳太郎には見えるようだった。

「小諸から出てきた椎場どのは、はなからこの道場に入門しようと考えていたのですか」

「そうではない」

一兵衛が軽く首を振った。

「腕に自信のあった椎場は、江戸において道場破りを繰り返しておった。そして、ある日、うちにやってきたのだ。だが、わしにあっけなく返り討ちにされ、この道場に落ち着くことになったのだ。もともと自分より強い者のところに入門するための道場破りだったようだ」

そういうことか、と徳太郎は納得した。強い師匠を見極めるのには、これ以上ない手立てかもしれない。

そこに戸畑という若い門人が茶を持ってきた。どうぞ、といって徳太郎と一兵衛の前に湯飲みののった茶托《ちゃたく》を置いた。

「すまんな」

一兵衛がねぎらう。いえ、といって戸畑という門人が笑顔で出ていった。

さっそく茶をひとすすりして、一兵衛が徳太郎を見る。

「朝比奈どのも飲みなされ」

「はい」

湯飲みを取り上げ、徳太郎は熱い茶を少しだけ口に含んだ。ほっとするような甘みと苦みが、ゆっくりと喉を滑り落ちていく。

「ああ、おいしい」

「うむ、実にうまいの。茶というのは、なにゆえこれほどうまいのかな。長生きの薬といってよいのではないか」

小ぶりの湯飲みを空にし、茶托に置いた一兵衛がきいてくる。

「椎場がどうかしたか。風の便りで、二十年ほど前に亡くなったと聞いた。葬儀に行くのは無理としても、線香くらい上げたいといつも思っているのだが……」

大事な友垣を失ったように、一兵衛がしんみりとした。

「すまぬ、話が湿っぽくなってしまったな」

いえ、と徳太郎はかぶりを振った。

「二十年ばかり前に、椎場どのが亡くなったのはまちがいないと思われます。田丸どのは、椎場どのの門人で豪之助という男のことをご存じでしょうか」

「いや、知らぬ」

一顧だにすることなく、一兵衛が答えた。徳太郎には、一兵衛が嘘をついているようには見えなかった。

「その豪之助とやらがどうかしたのか」

ここは本当のことをいうしかない、と徳太郎は腹を決めた。一兵衛という男は通右衛門と同様、信頼に足る男のように見える。

「他言無用に願いたいのですが」

「むろん」

一兵衛は真剣な顔を向けてきている。目には年寄りとは思えない強い光が宿っている。

「実は――」

茶をすすってから、徳太郎は牧野康時のかどわかしの顛末を語った。

「なんと――」

一兵衛もさすがに驚きを隠せずにいる。大きく目を見開き、徳太郎を見つめている。

「椎場の門人が、そのような真似をしでかしたのか。その豪之助という男は、領主をかどわかすことで飢饉のうらみを晴らそうというのか……」

うつむいて一兵衛が考えに沈んでいる。やがて顔を上げた。

「在所の至るところが飢饉になっていても、江戸の者は決して飢えることはない。米の値が跳ね上がっても、米はそこにあるからだ。金さえ出せば米を買うことはできる。米の値が上がって苦しむ者は出てくるが、飢えることはない。だが、在所はちがう。金のある者が決して飢えぬのは同じだが、米の作り手である貧しい者たちだけが収奪され、飢えて死んでいくのだ。こういう馬鹿な仕組みは、なんとかして変えねばならぬ。だが、それはとても難儀なことだ。並大抵のことではない」

ため息をつくように一兵衛がいった。

「利のためには、人というのはどのようなことも平気でするゆえな。人が変わらねば、世の中は決して変わらぬ。未来永劫、同じような世が続いていこう。虚しいものよ。剣以外には用のないおのれの無力を感じるわ」

しばらく無念そうに顔をゆがめていたが、一兵衛が顔を上げ、徳太郎を見た。

「おぬしがききたいのは、その豪之助という男のことだったな」

「はい。豪之助という男は、椎場忠哉どのにじかに教えを受けているようです。この道場のことも、椎場どのから聞いていたのではないかと思います。ここ最近、この道場を訪ねてきた小柄な男は、おりませぬか」

懐を探り、徳太郎は一枚の人相書を取り出した。

「これが豪之助です」

この道場に来る途中、必要になるのではないか、と徳太郎は紙を購《あがな》って茶店に寄り、描き上げたのだ。

「それがしは豪之助には一度会ったきりで、そのときの記憶をもとに描いたものです。ゆえに、あまり似ておらぬかもしれませぬ」

人相書を受け取った一兵衛は目を落とし、じっと見ている。その見方からして、老眼ではないのではないか。

「うむ、この男なら見覚えがあるぞ」

「まことですか」

「数日前だったか、わしはこの部屋におって書見をしていたのだが、なにやら体を圧《お》されるような気を感じ、久しぶりに道場に出てみたのだ。そうしたら、武者窓から稽古の様子を眺めている男がおった。それがこの男だ。まちがいない」

確信のある口調でいい、一兵衛が人相書を人さし指で叩いた。

「人相書の男はこの道場を訪ねてきましたか」

「いや、来なかった。わしと目が合ったが、あの男は顔をそむけなかった。あの男を見て、いい腕をしておると、わしは感じた。そういえば、そのとき椎場のことが頭をよぎったような気がする。椎場の弟子だったのなら、それも当然のことよ」

いきなり一兵衛が、自らの頭を拳《こぶし》で叩いた。ごつ、という音が徳太郎の耳を打つ。

「どうされました」

驚いて徳太郎は腰を上げかけた。

「これほどのことを今の今まで忘れてしまっておるなど、歳は取りたくないと思うてな」

顔をしかめ、一兵衛が嘆く。

「あの男が豪之助だと、朝比奈どのの話を聞いてすぐさま思い当たらねばならぬ。だが、わしは、あの男のことを思い起こすことはまったくなかった」

「いま思い出されたのですから、気に病まれることはありませぬ」

「そういってくれるのは、とてもありがたいが……」

豪之助がこの道場を訪ねることはなかったが、飯倉片町にはあらわれたのだ。なにかしら痕跡《こんせき》を残しているかもしれぬ、と徳太郎は思った。

そうだ、と一つ思いついたことがあり、それを一兵衛にぶつけた。

「椎場忠哉どのですが、こちらの道場の門人になったとき、住み込みだったのですか」

「そうではない。椎場としては住み込みたかったようだが、裏庭にあるうちの長屋は、あいにく門人で一杯だったのだ」

当時のことを思い出すように目を閉じ、一兵衛はしばらくそのままでいた。やがて目を開けた。

「椎場は近くに家を借り、そこから毎日、通ってきておった。椎場自身は浪人を自称していたが、実家は富農とのことだったから、金はあったようだ」

椎場忠哉の実家は飢饉の時はどうなったのだろう、と徳太郎は思った。金に物をいわせて飢饉を乗り切ったのだろうか。

それとも、そのようなことはなく一家全員、餓死してしまったのか。

「椎場どのがその家を借りる際、口入屋が周旋したのですか」

徳太郎はさらに問うた。

「さよう。岳野屋《たけのや》という店だ」

「岳野屋は今もありますか」

「あるとも。代替わりはしたが、今も店は続いておる」

「岳野屋の場所を教えていただけますか」

「よかろう」

快諾したものの、一兵衛は別のことをきいてきた。

「朝比奈どのは、豪之助という男が岳野屋を通じて、牧野三河守さまを監禁するための家を借りたと考えておるのか」

「はい、考えております。豪之助は椎場忠哉どのという師匠の足跡をたどり、岳野屋で同じように家を周旋してもらったのではないでしょうか」

「その通りかもしれぬ。その考えには無理がない」

うなずいて一兵衛が、岳野屋への道のりを口にした。

「岳野屋は、ここから西へまっすぐ行ったところにある。麻布《あざぶ》竜土六本木町《りゅうどろっぽんぎちょう》だ。建物の横に、口入、と目立つ看板が掲げられているから、すぐにわかろう」

「ありがとうございます。これより、さっそく行ってみることにいたします」

「朝比奈どの、岳野屋からよい話が聞ければいいな」

「それがしもそう願います」

ふむう、と一兵衛がため息ともつかない吐息を漏らした。

「話を聞く限りでは、その豪之助という男にも、同情すべき余地は十分にある。それゆえ、岳野屋のあるじの口は堅くなっているかもしれぬ。朝比奈どの、心して訪ねるがよい」

しかし、豪之助が口入屋に、なにゆえ家を借りるのか、おのれの事情を語ったとはとても思えない。口入屋と豪之助が深いつき合いがあるのならば、それも考えられないことではないが、豪之助は以前、一度も江戸に出てきたことがない以上、岳野屋とは知り合いではないだろう。岳野屋のことを聞いているとしたら、師匠からのはずだ。

岳野屋のあるじが、豪之助がどういう理由で家を借りるのか、事情を知っているということは、まずないだろう。ゆえに、あるじの口が堅くなるようなことはないのではないか。

朝比奈どの、と一兵衛が呼びかけてきた。

「実はな、今の岳野屋のあるじは先代と異なり、ちと金に弱いところがある。豪之助という男に、もし金を弾まれたとしたら、まずなにもしゃべらぬのではないか、とわしは思ったのだ」

あるじは金に汚く転びやすいたちなのか、と徳太郎は思った。ならばこちらも金さえ出せば、豪之助のことを引き出せよう。

しかしながら、徳太郎にそれだけの余裕はない。すっからかんに近いのだ。

――とにかく岳野屋に行ってみることだ。それしか今の俺にできることはない。

「承知いたしました。田丸どの、ご助言、感謝いたします」

再び礼を口にし、徳太郎は刀を手に持って立ち上がった。ほぼ同時に一兵衛もすっくと立った。背筋がまっすぐ伸び、年寄り臭さが一切感じられない。

――俺もこのような歳の取り方をしたいものだ。

「では、失礼いたします」

一兵衛に断って徳太郎は部屋を出、廊下を歩いた。すぐに道場に出たが、すでに午前の稽古は終わったのか、人は一人もおらず、閑散としていた。徳太郎は戸口に出た。

見送りに来てくれた一兵衛が名残惜しそうに徳太郎を見る。

「おぬしほどの腕ゆえ立ち合ってみたかったが、差し迫っているなら、そのような余裕はないな。惜しいことだ」

「この一件が解決したら、必ずお邪魔いたします」

一兵衛を見つめ、徳太郎は約束した。

「まことか」

「それがしは嘘をつきませぬ」

「ありがたし。早いところ来てくれ。そうせぬと、わしがくたばってしまうやもしれぬ」

「田丸どのはそうたやすくくたばるようなことはありませぬ。しかし、それがしも田丸どのと立ち合うのは楽しみでなりませぬゆえ、できるだけ早く足を運ばせていただこうと思っております」

「よろしく頼む」

一兵衛がにこりと笑んだ。どこか幼子のような笑顔だ、と徳太郎は思った。人というのは年寄ると、赤子に返るというが、本当にその通りかもしれない。

「では、これにて失礼いたします」

「うむ、うまくいくことを祈っておる」

ありがとうございます、といって徳太郎は風の強く吹きはじめた町を歩き出した。

道場の戸口に立った一兵衛が、まだこちらを見送ってくれているのを感じる。

後ろを振り向き、徳太郎はもう一度、丁寧に頭を下げた。

すると、うれしそうに一兵衛が手を振ってきた。徳太郎も振り返す。

それからは前を向き、ひたすら歩いた。

四町ばかり進むと、道の両側から武家屋敷が消え、町屋が建ち並びはじめた。このあたりはまだ麻布竜土六本木町ではないかもしれないが、少なくとも、目当ての町に近いことだけはわかった。

歩き続けると、やがて左側の町の並びに、口入、と大きく記された看板が出ているのが見えた。足早に進んだ徳太郎は、風に吹かれて大きくはためく暖簾《のれん》の前に立った。

「ごめん」

声をかけてから暖簾を払い、徳太郎は薄暗い店内に入った。

中は十畳間ほどの土間になっており、一段あがった奥に畳が敷かれ、帳場格子が置いてあった。

帳場格子の内側に、一人の男が座している。小机のかたわらに行灯《あんどん》が灯《とも》され、淡い光を発している。あれがあるじだろうか。それとも番頭か。

算盤《そろばん》を使い、男は熱心に帳簿でも見ているようだ。

徳太郎は少しだけ男に近づいた。

「あっ、いらっしゃいませ」

いつのまにか人が土間に立っていることに気づき、男があわてたような声を上げた。立ち上がって帳場格子をどけ、沓脱《くつぬぎ》で雪駄を履いて徳太郎のそばにやってきた。

「お侍、ようこそいらっしゃいました」

如才なく頭を下げ、男が徳太郎を値踏みするような目で見た。

「この店のあるじか」

微笑を浮かべて徳太郎はきいた。

「さようにございます。手前は真八《しんぱち》と申します。お見知り置きを」

猫背をさらに曲げ、真八というあるじは辞儀してきた。そのあいだも上目遣いに徳太郎を見ているのが、少し不快に感じられた。

真八というあるじは顔が小ぶりで、体も小さい。どこか鼠《ねずみ》を思わせる顔つきと物腰をしている。

徳太郎をうかがうように見ている目は垂れて、両の眉《まゆ》は困っているかのように八の字になっている。涙袋が異様に大きく、鼻はあぐらをかいている。

人を見た目で判断するわけにはいかぬが、と徳太郎は思った。一兵衛どのがいうように確かに金に卑しそうな顔貌《がんぼう》としかいいようがない。

真八という男は長年、金と卑屈につき合ってきたような雰囲気を全身にまとっている。

「お仕事をお探しでございますか」

両手をすり合わせながら真八がきく。

「いや、そうではない。この男を捜しているのだ。存じておるか」

懐から豪之助の人相書を取り出し、徳太郎は真八に見せた。

「失礼いたします」

徳太郎をちらりと見てから、真八が豪之助の人相書に目を落とした。すぐに、おや、という顔をする。

「知っているのだな」

表情の変化を見逃さず、徳太郎は鋭くたずねた。

「い、いえ、存じません」

真八があわててかぶりを振る。

「嘘をつくな」

一歩踏み出し、徳太郎は真八に顔をぐっと寄せた。

「う、嘘など、ついておりません」

徳太郎の目から逃れるように真八が小腰をかがめ、必死の形相で否定する。

「いや、おぬしはついたのだ」

真八を見据え、徳太郎は決めつけるようにいった。

「その人相書の男は豪之助という。つい最近、この店の暖簾をくぐったことは、すでに調べがついておる。それゆえ、おぬしが嘘をついたということがわかるのだ」

「い、いいえ、手前は……」

そこで言葉を失ったように真八がうつむく。

「よいか」

声に力を込めて徳太郎はいった。

「豪之助からおぬしは、自分が来たことは決して他言せぬようにと大金を積まれたのだな。だが岳野屋、豪之助は大罪人だ。金を弾んでくれたからといってかばうのなら、おぬしも同罪ということだ」

「ええっ、大罪人ですって」

仰天し、真八がのけぞる。

「こ、この人は、い、いったい、なにをやらかしたんですか」

人相書を持つ手を震わせて、真八がきいてきた。

「残念ながらおぬしにはいえぬ。しかし、人の命が懸かっておるのはまちがいない。捕まれば、獄門台に行かねばならぬほどの大罪だ」

「ご、獄門台ですか」

「そうだ。おぬしも行きたいか」

「とんでもない」

口をわななかせ、真八がぶるぶると首を振った。

「行きたくないのならば、すべてを正直に話すことだ。わかったか」

それでも、まだ真八は首を縦に振ろうとしない。金に汚い男なりに、なにか信条めいたものがあるのだろうか。

徳太郎は息を継いだ。

「豪之助のことをいいたくないのなら、別にそれでも構わぬ。ただし、豪之助が犯罪に用いることを知った上でおぬしが家を周旋したことを町方役人が知れば、どうなるかわかるな。おぬしは豪之助同様、首切り役人に首を落とされることになる。岳野屋、それでもよいのか」

家の周旋をしたことまで知っているのか、というような畏怖《いふ》の色が真八の顔にくっきりと浮かんだ。

「いえ、それはご勘弁をお願いします」

首筋にそっと触れた真八が恐る恐るという風情で答えた。

「死罪がいやなら、岳野屋、すべて正直に話せ。わかったか」

それでも迷うようにしばらくじっと徳太郎を見ていた。

「あの、お侍はいったいどのようなお方なのでございますか」

「俺か、俺はただの浪人だ。朝比奈徳太郎という」

「ご浪人が豪之助さんを追いかけていらっしゃるのでございますか」

「さる大名家から依頼を受けての上だ」

「大名家から……」

つぶやいて真八が息をのむ。

「あの、豪之助さんは、そのお大名になにかをしたということでございますか」

「そういうことだ。なにをしたのかは、明かせぬが」

「さようにございますか、お大名に……」

うつむき、真八が暗澹《あんたん》とした表情をしている。猫背がさらに曲がり、十以上も歳を取ったかのように見えた。

腕組みをして徳太郎はそんな真八をじっと見た。その眼差《まなざ》しに気づいたように、真八が顔を上げた。ようやく決心がついたか、真八の垂れた目にわずかながら光が宿っている。

「わかりました。お話しいたします」

観念したように真八がいった。

「それでよい」

心中で大きく息を吐き出して、徳太郎は深くうなずいてみせた。

「では、さっそくきくぞ。豪之助がこの店に来たのはいつだ」

間髪を容れずに徳太郎はただした。

「はい。あれは、五、六日ばかり前だったように思います」

思い出すような素振りを見せることなく、真八がすらすらと答えた。

「家を豪之助に周旋したのは、まことのことなのだな」

「はい」

青い顔で真八が顎を引いた。やはり、と徳太郎の胸は躍った。修馬がおらずとも、おのが力でここまでやれた。だが、まだ康時を救い出したわけではない。心を落ち着けて、徳太郎は真八にたずねた。

「それで、その家はどこにある」

「は、はい」

ほとんどない喉仏を上下させて、真八が口を開く。

「下渋谷村でございます」

徳太郎にとって、これまで一度も足を運んだことのない場所だ。

「下渋谷村には、あまり人家はないのか」

「はい。お大名や大身のお旗本の下屋敷がいくつかございますが、あとは百姓家ばかりで。村のほとんどを畑が占めており、川が近いところには田んぼも少しだけございます」

それほどの田舎なら、と徳太郎は思った。仮に康時が叫び声を上げたところで、聞きつける者など、一人もいないのではあるまいか。

「家は誰の持ち物だ」

真八を見つめ、徳太郎はなおも問うた。

「うちの近所の商家でございます」

「家は無人なのだな」

「はい。以前はその商家の先代が隠居所として使っていたのですが、ご隠居が亡くなってからはずっと空き家でございます」

康時を監禁するのには、恰好の場所というところだろう。

「よし、岳野屋、今からそこへ案内しろ」

真八をにらみつけるようにして、徳太郎は命じた。

「えっ、手前が朝比奈さまを案内するのでございますか」

意外だといわんばかりに真八が、姑息《こそく》そうな小さな目を思い切り見開く。

「下渋谷村に、俺は土地鑑がまったくない。おぬしが案内するのは当然のことだ」

呆《ほう》けたように口を開け、真八が徳太郎を見やる。ここは仕方がないか、とあきらめの色が真八の瞳をよぎったように徳太郎には見えた。

「し、承知いたしました」

奥のほうを振り向き、真八が声を放つ。

「ちょっと出てくるから、店を頼むよ」

はーい、と少し疲れたような女の声が徳太郎の耳に届いた。

四

夕暮れの気配が漂いはじめた。

こんもりとした林の手前に、一軒の家が見えている。

一見、さほど広い家ではないようだが、それはこのあたりに宏壮な武家屋敷が多いから、そう見えるだけだ。

優に八部屋はあるだろう。町人の家としたら、まさしく豪邸といってよい。敷地も広い。ぐるりを高い塀が巡り、表と裏に二つの出口がついている。

あれが、と欅《けやき》の木の幹にしがみついて修馬は望観した。とかげの伊輪蔵一味の隠れ家である。昨夜、勘兵衛が見つけ出したのだ。

――それにしても、さすが徒目付というべきだろうな。

いま修馬は、勘兵衛や配下の徒目付とともに旗本の下屋敷にいるのだ。下屋敷の持ち主の旗本と素早く話をつけ、借り受けたのはむろん勘兵衛である。

聞けば、持ち主は五千二百石もの大禄を誇る旗本だそうだ。七千坪以上もあるという広大な敷地に、宏壮な母屋と離れが建てられている。

修馬たちは母屋には入らず、とかげの伊輪蔵一味の隠れ家が見える位置にずっと陣取っている。この屋敷の裏門近くの欅に登れば、そこから望むことができるのだ。

距離は一町半ばかりあるが、あいだは畑だけなので見通しはよく、人の出入りも十分に把握できる。

午前の五つ半（九時）頃にここに来て、修馬はあの隠れ家を、二十五人の徒目付とともにひたすら張り続けている。

徒目付は全部で三組あり、それぞれに組頭がいるが、その配下は二十六人から二十七人である。二十五人ということは、修馬が馘になったあと勘兵衛は欠員を埋めていないのだ。

それがなにを意味するか。どんな愚か者でもわかろうというものだ。

修馬は胸が熱くなった。

――この役目をし遂げ、俺を嵌めた者を白日のもとにさらけ出してやる。そうすれば、きっと徒目付復帰はかなおう。

隠れ家にすでに十人ばかりの人数がそろっているのは、時造の物見により確認できているらしいが、勘兵衛のいっていた通り、とかげの伊輪蔵本人はまだあの家に来ていないようだ。

修馬は徒目付の一人と交代し、欅の大木を降りた。

それから四半刻（三十分）ばかりしたとき、とかげの伊輪蔵一味の隠れ家を監視していたその徒目付が声を上げた。

「あっ」

「どうした」

鋭くきいたのは勘兵衛だ。

「男が二人、あの家に向かっています」

「二人だと」

「はっ、二人です」

「一人はとかげの伊輪蔵か」

「一人はちがいます、もう一人は、ほっかむりをしており、はっきりしませぬ」

「俺に見させてくれるか」

修馬は勘兵衛に申し出た。

「よかろう」

修馬は再び欅の大木に登った。薄闇の中、家に近づきつつある二人の男を凝視した。

あまり見つめすぎると監視がばれる気遣いがあるが、とかげの伊輪蔵本人がやってきたかどうか、その分かれ目である。目を二人に据えて修馬は凝視した。

「あれは……」

前を歩く男に修馬は見覚えがあった。

――一昨日、お摩伊の家にあらわれた小間物屋ではないか。

――どういうことだ。

さすがに修馬は混乱した。一昨日、お摩伊はあの男と親しげに話をしていたのだ。

実はお摩伊は、とかげの伊輪蔵を裏切っていないのではないか。

――もしかして、とかげの伊輪蔵の狙いが、お摩伊の旦那《だんな》の店である大隅屋という
ことは考えられぬか。
お摩伊から内情を聞き出し、襲いかかるという策である。
考えられぬ、と修馬は断じた。なんといっても、お摩伊は大隅屋の中に入っていな
いのだ。内情など、知りようがないではないか。
お摩伊があの小間物屋と親しくしたのは、きっとなんらかの理由があったのだろう。
そうにちがいない。
修馬はそう思うことにした。
そのあいだにも二人はずんずんと歩き、あと五間（約九メートル）ばかりで家に入
るというところまで進んだ。
――まずいぞ。このままではあれがとかげの伊輪蔵かわからぬ。
不意に風が吹き渡り、小間物屋の後ろを歩く男のほっかむりをめくり上げた。
ひん曲がった口に潰れたような鼻が見えた。
「まちがいない、とかげの伊輪蔵だ」
下を向き、修馬は勘兵衛に伝えた。
「そうか、ついに来たか」

拳を握り締め、勘兵衛が勇んだ声を出した。配下たちも心を奮いたたせ、襷《たすき》をかけはじめている。

修馬は、二人の男が隠れ家の戸を開け、中に姿を消したのをはっきりと見た。

「よし、入ったぞ」

修馬は勘兵衛に告げ、欅の大木を降りた。

「修馬、すぐに乗り込むぞ」

「承知した」

徒目付たちにならい、修馬も襷をかけ、鉢巻をし、袴の股立《ももだ》ちを取った。

――これで準備万端だ。

「皆の者、用意はよいか。今からとかげの伊輪蔵一味の隠れ家を急襲する」

勘兵衛が冷静な声で告げると、おう、と徒目付たちは小さな声で応じた。

さすがに修馬も逸《はや》っている。

今あの家に、とかげの伊輪蔵がいるのだ。

――お摩伊どのの描いた人相書が、別の人物のものということはあり得ぬか。ないと信じたい。

とにかく今は、やつらを一網打尽にすることが最も大事なことだ。

旗本の下屋敷を出た修馬たちは、ますます濃くなってきた夕闇に紛れ、道を走った。梯子を持っている者も何人かいる。

一町半の距離を一気に駆け抜け、とかげの伊輪蔵一味の隠れ家に到達した。

高い塀に三つの梯子《はしご》がかけられた。それを一瞬で登り、徒目付たちが塀を乗り越えて、次々に敷地内に姿を消していく。

修馬も早く中に入りたかったが、まずは元相役たちに譲ろうという気分だった。最初だけは捕物を本職にする者に任せるべきと考えたのである。

よし、最後だ、行くぞと思ったが、まだそこに人がいた。

勘兵衛である。修馬を温かな目で見ていた。

「修馬、ずいぶん遠慮深いではないか」

「まあ、徒目付を離れて俺も少しは成長したということだ」

「修馬、ともに行こう」

「うむ、そうしよう」

中からは、すでに悲鳴や剣戟《けんげき》の音が聞こえてきている。

「では、勘兵衛どの、行くぞ」

梯子を登り、修馬は塀を越えた。敷地に飛び降りる。

横の梯子を登った勘兵衛も続いて地面に着地した。頭は大きいが、身のこなしは俊敏だ。徒目付頭になった今も鍛えているのだろう。

家の中では乱闘が行われていた。

といっても、徒目付たちのほうがはるかに強い。良将の下で働いている者は自然に腕を上げていくのだ。

徒目付たちはとかげの伊輪蔵一味を至るところで圧倒していた。悲鳴を上げているのは、伊輪蔵一味の者ばかりである。

刃引きの長脇差で肩や腹を打ち据えられて、その場にくずおれていく者ばかりだ。次の瞬間には縄を打たれ、ぐるぐる巻きにされていく。

「あっ」

修馬の視野に、長脇差を手にした男が入り込んだ。立ち姿がすっきりしているから、よく目立つ。

「そいつは俺にやらせてくれ」

男と戦おうとしていた徒目付に一目散に走り寄り、修馬は頼み込んだ。若い徒目付は、いいですよ、と目でうなずいた。修馬と長脇差の男とのあいだになにかあったのを覚ったらしい表情をしている。

「きさまは——」
お摩伊の家で対した長脇差の男が、険しい目を修馬にぶつけてきた。
「徒目付だったのか」
「いや、ちがう。お摩伊どのの用心棒さ」
刀を正眼に構え、修馬は長脇差の男と再び対峙した。
男は長脇差を八双に構えた。
ふん、と修馬は鼻を鳴らした。この程度の腕で俺に勝てると思っているのか。
真剣での対決だが、怖さなどまったく感じていない。
勝てるという思いで一杯だ。これは過信でもなんでもない。
——行くぞっ。
気合を込めて刀を振り上げ、修馬は一気に突っ込んだ。
八双の構えから男が刀を旋回させ、隙のある修馬の腹を狙ってきた。
だが、それは男に長脇差を振らせるための修馬の策だった。
踏みとどまって男の斬撃を避けるやいなや、修馬は袈裟懸《けさが》けに刀を落としていった。
肩に当たる寸前、力をゆるめた。がつっ、と音が立ち、男の着物の肩のところが切れ、
そこから鮮血が散った。骨も折れたかもしれない。

ってうっ、とうなって男が長脇差を放《ほう》り出し、地面に両膝をついた。右手で左肩を覆っているが、血が指のあいだからしみ出すように次から次へと流れ出している。刀傷というのは、本当によく血が出るものなのだ。だが、すぐに手当をすれば、命に別状はない。

――しかし、この男も獄門台行きだから、手当云々はあまり関係ないやもしれぬ。

とにもかくにも、お摩伊の家で見下された借りを返すことができた。

とかげの伊輪蔵一味は次々に捕らえられている。

だが、まだとかげの伊輪蔵本人が捕まっていないようだ。

家の中を修馬は捜し回った。

一人の男が匕首を振りかざし、襲いかかってきた。

匕首を刀で弾き飛ばし、修馬は刀を振り下ろして男の足に軽く傷を入れた。それだけで男は動けなくなった。

「こいつは……」

修馬は男を見下ろした。お摩伊の家で小間物屋を演じた男だ。

「その男はとかげの伊輪蔵の右腕です」

後ろから声がした。振り向いてみると、お摩伊が立っていた。

「無事だったか」

「はい、おかげさまで」

お摩伊が妖艶《ようえん》に笑む。

「先ほど助け出していただきました。その男は天之助《あまのすけ》といいます」

「お摩伊、必ず殺してやるからな」

お摩伊をにらみつけ、天之助が吼えた。にこりとしてお摩伊が天之助を見つめる。

ずいぶんと余裕のある表情だ。

「天之助とやら、とかげの伊輪蔵はどこだ」

刀を突きつけて修馬はきいた。

「さて、どこに行ったかな」

天之助がしらばくれる。その顔が憎らしく、修馬は殴りつけそうになった。

お摩伊が、捕らえられた男たちのすべての顔を見て回った。

「この中に伊輪蔵はおりません」

お摩伊が修馬に告げた。確かに人相書の悪相の男は、家の中にはすでにいなかった。

外からかすかに足音が聞こえてきた。はっとして、修馬はそちらを見やる。

「あっちだ」

刀を肩に置き、修馬は足音のしたほうに向かって駆け出した。

裏口から外に出ると、道を走る一つの影が見えた。

――逃がすか。

だん、と土を蹴り、修馬は追いかけた。相役だった男たちも後ろを駆けはじめている。

だが、とかげの伊輪蔵はいい歳と思えるのに、足はずいぶんと達者だ。

なかなか追いつけない。どころか、どんどん引き離されていく。

――このままでは、やつを逃がしてしまうかもしれぬ。

修馬は危惧を抱かざるを得なかった。

それでも足を止めるわけにはいかない。必死に走り続けた。

どのくらい駆けたか、前方を見やって修馬は目を疑った。

――見まちがいではないのか。

走りつつ修馬は目を凝らした。

――やはり見まちがいなどではない。だが、どうして徳太郎がここにいるのか。

今はそんなことはどうでもいい。僥倖《ぎょうこう》としかいいようがない。とかげの伊輪蔵は、徳太郎のいるほうへと走っているのだ。

「おーい、徳太郎っ」

喉を振りしぼって修馬は叫んだ。

五

手庇《てびさし》をつくった真八が足を止めた。

「あの家です」

立ち止まり、徳太郎は、真八が指さす先を眺めた。

一本の欅の大木の向こう側に、日に照らされて一軒の家が望める。その家まではまだ一町ほどあるが、あまり近づかないうちに教えるように徳太郎は真八にいっておいたのだ。

あまり見つめすぎないように心がける。なにしろ豪之助は遣い手である。家をじっと見るという、たったそれだけのことで、こちらの気配を覚るにちがいない。

あの家に康時はいるのだろうか。

――おらぬはずがない。

軽く息を吸い、徳太郎は真八を見た。

「よし、おぬしはここにおれ」

「帰ってはいけませんかい。手前は嘘をいってはいません。豪之助さんに貸した家はまちがいなくあの家です」

――よし、行くか。

真八の言を無視して足を踏み出そうとしたとき、徳太郎は右側から走ってくる者がいることに気づいた。はあはあ、と息も荒いが、足はかなり速い。

なにゆえ走っているのだ、と徳太郎は男をまじまじと見た。

――なんという人相の悪さか。

内心、徳太郎は驚いた。ここまで容貌の醜悪な男というのに、これまでお目にかかったことがない。

ぎょろりとした目は心のうちの残忍さをあらわしているかのように鈍い光を放ち、ひん曲がった口は、まるで耳元まで裂けているかのようだ。鼻はひしゃげ、耳が異様に大きい。体は、竹串《たけぐし》に手足をつけたかのようにやせている。

「おーい、徳太郎っ」

遠くから声がし、徳太郎はそちらを見た。

何人か駆けてくる者がいる。いずれも侍らしく、肩に刀を置いているようだ。

「あれは――」

先頭を走っているのは修馬ではないか。

「その男を捕まえてくれっ」

必死に叫ぶ修馬の声が徳太郎に届く。その男というのは、と徳太郎は覚った。一人しかいない。醜悪な顔つきをした男のことだ。

さっと振り返り、徳太郎は走り去ろうとしている男を見つめた。足は速いが、徳太郎からまだ三間ばかりしか離れていない。

脇差を鞘ごと腰から抜き取るや、徳太郎は男に向かって投げつけた。

脇差はあやまたず男の足に当たり、絡まった。男は木の根にでも引っかかったように地面に倒れ込んだ。あわてて立ち上がろうとしたが、そのときにはすでに徳太郎が男の間近に迫っていた。

「そこまでだ。なにをしたのかは知らぬが、おぬしはここにおらねばならぬ」

ちらりと修馬たちを眺めつつ、徳太郎は抜き身を男に突きつけた。さっと立ち上がった男はぎろりと徳太郎をにらみつけるや、抜き身に構わず逃げようとした。

「いらぬことを」

ため息をつくようにいって、徳太郎は刀を振るった。

次の瞬間、男の髷がばさりと垂れ、着物が足元に音を立てて落ち、地面に広がった。

男は下帯一枚になった。

うっ、となって徳太郎を見る。恐怖の色が浮いたが、それでも男はまだ逃げようと試みた。

だがその次の瞬間、徳太郎の刀が振られてもいないのに、下帯までもすとんと落ち、男は真っ裸になった。

「うっ、げえっ」

おのれのなりを見て、男が言葉にならない声を上げ、ぴたりと立ち止まった。

刀をだらりと下げて徳太郎は男にいった。

「下帯の次はおぬしの肌を斬《き》ってもいいが、できるなら俺はやりたくない。だから、おとなしくしておれ」

穏やかな口調で徳太郎が命じると、男はあきらめたように尻餅《しりもち》をついた。

「それでよい」

刀を鞘におさめ、徳太郎は修馬のほうを見やった。

ようやく修馬が走り寄ってきた。後ろに十人以上の侍がいる。きつい目をしている者ばかりだ。この者たちは徒目付ではないか、と徳太郎は推察した。

「ああ、捕らえてくれたか。徳太郎、かたじけない」

駆けつけた修馬が、ぜいぜいと息を荒くしつつ徳太郎に礼をいった。

「危うく逃がすところだった。だが天網恢々疎《てんもうかいかいそ》にして漏らさず、ということわざは、まことのことだな。いや、こういう場合は、天の配剤というのかな。こんな場所に徳太郎を配してくれるなど、そうとしか思えぬ」

修馬がぶつぶつつぶやいている。

「修馬、この男は何者だ」

縄をかけられつつある男を見つめ、徳太郎は修馬にただした。

「ずいぶんな悪相をしているが」

「とかげの伊輪蔵という悪党だ。押し込みを生業にしている輩《やから》よ」

「押し込みか。なるほど、ならば、これほどの悪相なのも納得だ。この男がお摩伊どのにつきまとっていたのか」

「まあ、そういうことだ」

「――きさま」

徳太郎を見て、とかげの伊輪蔵が声を荒らげた。

「必ず殺してやる」

「徳太郎の腕前を見て、まだそんなことをほざくのか。おぬしは、なかなか剛の者だな。だが、復讐《ふくしゅう》など無理だぞ」

とかげの伊輪蔵を見て首を振り、修馬が諭すように告げた。

「仮におぬしが破牢してこの男を狙ったとしても、返り討ちに遭うのが落ちだからだ。この男の強さは骨身にしみてわかっているだろう。それに、破牢する前におぬしは獄門台行きだ。復讐などあきらめろ」

くっ、ととかげの伊輪蔵が奥歯を嚙《か》み締める。すると、もっと気味の悪い顔になったから、徳太郎は少なからず驚いた。

「では、こやつは連れていく」

少し恥ずかしそうに修馬がいった。

「こたびはおのれのみの力でやり遂げるつもりでいたが、結局、徳太郎の力を借りずば、こやつを捕らえることはかなわなんだ。とにかく徳太郎、感謝しておる」

「役に立ててよかった」

徳太郎は顔をほころばせた。

「しかし、徳太郎、なにゆえこんな辺鄙《へんぴ》な場所にいるのだ」

「ちとあるのだ」

言葉を濁すようにいうと、了解したように修馬がうなずいた。

「そうか。では、我らは引き上げる。徳太郎、これでな」

「うむ」

徳太郎は顎を引いた。

「修馬、また会おう」

徒目付たちも徳太郎に頭を下げて、この場を去っていく。

「今のはいったい……」

修馬や徒目付を見送って、真八が声を震わせる。

なんだ、まだそこにいたのか、と徳太郎は思った。真八のことは失念していた。

「よし、岳野屋、では行ってまいる。……だいぶ暗くなってきたな」

あたりを見回して、徳太郎はつぶやいた。

「はあ」

袴の股立ちを取って、徳太郎は足早に歩きはじめた。

今の騒ぎで豪之助が逃げていなければよいが、と願いながら家の前に立つ。中の気配を嗅いだ。

おや、と徳太郎は首をひねった。巨大な気のかたまりが感じられる。

——豪之助はいるようだ。しかも、この分では俺に気づいているらしい。正面からやり合うつもりでいるのか。

「入るぞ」

中に声をかけて、徳太郎は板戸を横に滑らせた。

敷居を越え、土間に立つ。一段上がった板の間に豪之助がいた。刀を手にしている。

「やはりあんたか」

顔をわずかにゆがめて豪之助がいった。

「あのとき会ってから、あんたとは必ずやり合うことになるのではないかと感じていた」

俺もだ、と徳太郎は心のうちで答えた。

「三河守さまは無事か」

最も気にかかっていることを、徳太郎はただした。

「はなから手を出す気はないからな。飢え死にさせるのが目的だ」

やはりそうだったか、と徳太郎は思った。

「あんた、名は」

一歩踏み出して豪之助がきいてきた。

「朝比奈徳太郎という。おぬしは豪之助でよいのだな」

「そうだ」

「豪之助――」

目の前の小柄な男を見つめ、徳太郎は穏やかに呼びかけた。

「おとなしく三河守さまを引き渡せば、なにもせず俺は帰る。どうだ」

「それはできかねる」

間髪容れずに豪之助が答えた。ちらりと隣の間に目を投げる。

「その男を、飢饉で死んでいった者と同じ目に遭わせねばならんからな。そうでもせんと、死んでいった者たちは浮かばれん」

「女房や子が、本当にそんなことを望んでいると思っておるのか」

「思ってはいないかもしれんな」

どこかのんびりとした口調で豪之助がいった。

「これは、俺の信念でやっていることだ。あんたがあやつを助けるつもりなら、この俺を倒してからにするしかないということだ」

この分なら、いくら説得しても無駄だろう。

「わかった」

豪之助の覚悟のほどを理解し、徳太郎は深くうなずいた。

「では、やるとするか」

「よかろう」

手にしている刀を抜き、豪之助が鞘を投げ捨てた。

いきなり斬りかかってきた。

一瞬で間合が詰まった。

おっ、と徳太郎が目をみはったほどの速さである。

土間の天井は高く、存分に刀を振り上げることができる。

徳太郎は後ろに下がって斬撃を避けた。豪之助がつけ込んでくる。またも間合が瞬時に縮まり、刀を胴に振ってきた。

横に動いて徳太郎はそれもかわした。返す刀を豪之助が袈裟懸けに振り下ろしてきた。

その瞬間を見逃さず、徳太郎は刀を振った。

びっ、と音がし、豪之助が刀を取り落とした。刀が土間に転がる。なにがあったのかわからないという顔で、徳太郎を見ている。指先から血がしたたっている。

刀をだらりと下げ、徳太郎は豪之助に語りかけた。

「胴から袈裟懸けに移るとき、おぬしの左手にわずかな隙ができるのだ。よほど鍛練を積んだ者にしか見えぬ隙だが……」

悔しげにうつむき、豪之助がかぶりを振る。

「今は亡き師匠に、その欠点はいわれていた。だが、あれから時がたち、俺は忘れてしまっていた。それが命取りになるとは……。やはりあんたほどの腕の持ち主は見逃してくれんな」

ふう、と豪之助が疲れたように息をついた。

徳太郎には、はなから豪之助を殺すつもりはなかった。

「しかしあんた、強いな」

徳太郎を見る豪之助の目には、憧れのような色が浮いている。

「どうすれば、そんなに強くなれるんだ」

「よくわからぬ」

「素質か」

「それもあるかもしれぬが、やはり努力だろうな」

「俺は努力が足りなかったということか。確かに、ここ何年も野良仕事ばかりしていたからな。あんたに勝てるはずがない」

「おぬしも強かった。久しぶりに、刃をまじえていて心が躍った」

「ああ。俺も楽しかった」

豪之助は笑顔を見せた。

すう、と息を吸い込み、豪之助が顔を引き締めた。決意を固めたような表情である。

これからなにをするつもりか、徳太郎は理解した。

不意にしゃがみ込み、豪之助が土間に転がっていた刀を手にした。刀身を両手でつかみ、ためらうことなく切っ先を首に突き立てた。刃引きの刀だが、先は鋭く尖っている。

こうなることは、徳太郎にはわかっていた。ここで止めても、いずれ豪之助は自害してのけるはずだ。

どすん、と小柄な割に大きな音を立てて豪之助が土間に倒れ込んだ。首から流れ出る血が土間の色を濃いものに変えていく。

「おゆみ、寅吉、辰造」

目の前に見えているのか、血の海に沈み込みながら豪之助が話しかけている。

――あの世からお迎えが来たのだな。

おそらく女房と子供の名だろう、と徳太郎は思った。飢饉で先立った家人のいる極楽に行けるのなら、これ以上のことはなかろう。

血だまりに頭を突っ込むようにして、豪之助は息絶えていた。刀を鞘におさめた徳太郎は死骸に向かって合掌した。

「三河守さま」

徳太郎は板の間に上がり込み、縛めと猿ぐつわをされて隣の部屋に転がされていた康時に駆け寄った。すぐさま猿ぐつわを外す。

「朝比奈ではないか」

徳太郎を見て、康時が声を上げた。あまりに憔悴《しょうすい》していたせいで、豪之助と徳太郎とのやり取りは聞こえていなかったようだ。

「朝比奈、水をくれぬか」

「かしこまりました」

土間の隅に瓶が置いてあり、徳太郎は歩み寄った。水はたっぷりと入っていたが、器が一つも見当たらない。両手のひらに水をため、康時に飲ませた。

喉を鳴らし、康時はごくごくと飲んだ。すぐになくなり、徳太郎は瓶とのあいだを三度も往復した。

「助かった。朝比奈、この恩は必ず返させてもらう」

康時がいい切ったが、徳太郎はかぶりを振った。

「なにもいりませぬ。それがしは礼を目当てに三河守さまを助けたわけではありませぬ」

その言葉を聞いて、康時が感じ入ったという顔つきになった。

「そなたはやはり武士の鑑よ」

「とんでもない」

「とにかく礼はさせてもらう」

「いえ、それがしへの礼は本当にけっこうです。その代わりといってはなんですが、領民への善政をお願いいたします」

うっ、と康時が詰まったような顔になった。

「うむ、そうであるな。こたびの一件、もとはそこにある」

納得したように康時が深くうなずいた。

「約束しよう。わしは政《まつりごと》に本気で取り組む。領民たちを二度と飢えさせることはせぬ。そのことを朝比奈に約束しよう」

「それがしにとって、一番のお言葉にございます」

康時に向かって徳太郎は深く頭を下げた。自分のことを剣術だけの男ではないといってくれた戸岐通右衛門の言葉に、少しだけ応えられた気がした。

六

お摩伊は、赤子の祐太郎とともに大隅屋に引き取られた。

天之助という小間物屋を演じた男と親しげに話をしたのは、あのとき祐太郎が天之助の手が届く位置にいたからです、とお摩伊は修馬に説明した。

もし、天之助がとかげの伊輪蔵一味であることを修馬たちに気づかれることになれば、祐太郎が殺されるかもしれないと思ったから、ただの知り合いのような顔をしたのだそうだ。お摩伊は、祐太郎を人質にされた気分だったという。わざわざ天之助がお摩伊のところに姿を見せたのは、お摩伊に対して脅しの意味があったのだろうとのことだ。

べらべらとしゃべるな。こちらはおまえの居場所を探し出したのだぞ。

お摩伊の一件があったのち、覚悟を決めた郁兵衛が女房のおきりにすべてを話したところ、おきりは母子を引き取ることを快諾したという。

おきりは、郁兵衛がお摩伊という妾《めかけ》を囲っていることは知らなかったが、郁兵衛に跡取りができたことを心から喜んだそうだ。

これで大隅屋も安泰です、といって祐太郎のことを猫かわいがりしているそうだ。

祐太郎という名は、もともとおきりが跡取りが生まれたら名づけたかったものだという。

そして、お摩伊とおきりは、仲のよい姉妹のようにうまくいっているそうだ。

それらのことを修馬は郁兵衛から聞かされ、うれしかった。

報酬もたんまりもらえ、これ以上、満足なことはなかった。

太兵衛で昼食をとり、江戸の町を少し歩いた。なんとなく修馬の足は、例の出合い茶屋に向かっていた。

――ここに美奈どのは、若い男と入っていったのだ。

なんともいえない気持ちだ。美奈のことはあきらめるしかない。

踏ん切りをつけ、その場をあとにしようとしたとき、出合い茶屋の戸口から人影があらわれた。

「あっ」

出てきたのは美奈だった。

「あら」

屈託のない笑顔を見せる。なにゆえそのような笑顔ができるのか、と修馬は少し悲しかった。

「お師匠さん、このお侍はどなた」

女の子が美奈にたずねている。修馬は声の主に目をやった。

美奈の後ろに手習子《てならいこ》らしい女の子が立っていた。

「こらちは山内さまとおっしゃるの。兄上の友垣よ」

「なかなかいい男ね」

澄まし顔で女の子がいい、修馬を見上げている。

「おきみちゃんの好みかしら」

「ええ、好みよ。お師匠さんは」

「私も山内さまのことは大好きよ」

まことか、と修馬は跳びはねたい気分になった。

「だったら、私も大好き」

女の子が満面の笑みでいう。

「あの、美奈どの、この子は」

ようやく修馬はきくことができた。

「手習子です。おきみちゃんといって、ここの家の子ですよ。風邪をこじらせてずっと寝込んでいたのだけれど、昨日あたりからようやくよくなって、今日はもう全快したみたいです」

「それはよかった」

ということは、と修馬は思った。

「この前、若い男とこの家に入っていく美奈どのを見かけたのだが、それはこの子の見舞いだったのかな」

「ああ、さようです」

あっさりと美奈が認めた。

「その若い男の人は、おきみちゃんのお兄さんですよ」

「亀太郎《かめたろう》兄ちゃんだよ」

――ああ、そうだったのか。

安堵の思いが強すぎて、修馬はへなへなとへたり込みそうだった。

「よかったあ」

声を張り、修馬は両手を天に向かって突き上げた。

気分はすっきり、晴れやかである。

そんな修馬を美奈がにこにこして見ている。

本書は、ハルキ文庫（時代小説文庫）の書き下ろしです。

時代小説文庫

す 2-30

刃《は》引《び》き刀《がたな》の男《おとこ》 裏《うら》江《え》戸《ど》探《たん》索帖《さくちょう》

著者 鈴《すず》木《き》英《えい》治《じ》

2015年9月8日第一刷発行

発行者 角川春樹

発行所 株式会社 角川春樹事務所

〒102-0074 東京都千代田区九段南2-1-30 イタリア文化会館

電話 03(3263)5247[編集] 03(3263)5881[営業]

印刷・製本 中央精版印刷株式会社

フォーマット・デザイン&シンボルマーク 芦澤泰偉

ISBN978-4-7584-3941-1 C0193

http://www.kadokawaharuki.co.jp/[営業]

fanmail@kadokawaharuki.co.jp[編集] ご意見・ご感想をお寄せください。

鈴木英治の本

悪銭

裏江戸探索帖

徒目付の経験を活かし、町中の事件探索で糊口をしのごうと意気込む山内修馬。依頼はないが、町人には使い勝手の悪い小判の両替を頼まれ、割のいい切賃稼ぎに笑いが止まらない。そのうち、ようやく探索の依頼が。手習師匠の美奈から、剣術道場の師範代を務める兄・徳太郎の様子がおかしいので調べてほしいと言われ……。

時代小説文庫

時代小説文庫 ハルキ文庫

書き下ろし **陽炎の剣**

鈴木英治

町医者の法徳が殺された事件を追う、南町奉行所同心・稲葉七十郎。
一方、徒目付の久岡勘兵衛は行方知れずとなった男を
探索していたのだが……。勘兵衛シリーズ第6弾。

書き下ろし **凶眼** 徒目付 久岡勘兵衛

鈴木英治

番町で使番が斬り殺されたという急報を受けた勘兵衛。探索の最中、
勘兵衛は謎の刺客に襲われるが、
その剣は生きているはずのない男のものだった。勘兵衛シリーズ第7弾。

書き下ろし **定廻り殺し** 徒目付 久岡勘兵衛

鈴木英治

南奉行所定廻りの男が殺された。その数日後には、修馬の知人である
直八が殺されてしまう。勘兵衛とともに、修馬は探索を始めるのだが……。
勘兵衛シリーズ第8弾。

書き下ろし **錯乱** 徒目付 久岡勘兵衛

鈴木英治

修馬の悩みを聞いた帰り道、勘兵衛は何者かに後ろから斬りつけられた。
一方、二つの死骸が発見され駆けつけた七十郎は
目撃者から不可解な話を聞く……。大人気シリーズ第9弾!

書き下ろし **遺痕** 徒目付 久岡勘兵衛

鈴木英治

煮売り酒屋の主・辰七が、紀伊国坂で右腕を切り落とされた死骸となって
見つかった。南町奉行所の稲葉七十郎は中間の清吉とともに、
事件の探索に入るのだが……。大人気シリーズ第10弾!